파라문에

11

시인의 파라다이스

파라문예

| 발간사 |

인터넷 창작의 궤도를 넘은 파라문예, 어느덧 11호

채련 (시인의 파라다이스 파라지기)

전 세계 선진국에서도 유례가 없는 최첨단화된 으뜸 인터넷 시대를 연 대한민국에서 포털 사이트 Daum의 Cafe 분야에서 시인의 파라다이스가 자리한 지 만 11년, 열두 해를 맞았습니다.

클릭! 클릭! 무한궤도를 넘는 사이버 세상에 휩싸여 다양한 커뮤니티와 정보로 경탄을 자아내며 또 다른 세상을 창조하고 또 다른 인연을 엮으며 미지의 세계를 지향하기도 했습니다.

시, 수필, 소설을 쓰는 기성 문인들은 물론 막연히 글을 써볼까 하던 이들도 작품을 발표하고 곧바로 독자들과 소통이 이루어지니, 남녀노소 지위 여하를 막론하고 시인이 되고 작가가 되는, 어찌 보면 인스턴트화 되는 아쉬움도 없지 않기에 패닉에 빠지기도 합니다.

탄탄대로 쌓아온 열의나 탐구력 없이 쉽사리 인스턴트화된 재능이나 능력은 쉬이 소진되고 맙니다. 반짝 떴다가 사라지는 별이 아니라

중천에 뜬 해처럼, 한순간 무너지는 모래성이 아니라 굳은 땅에 지은 성처럼, 그렇게 묵묵히 파라문예의 성(城)을 이루고자 합니다.

컴퓨터로 인터넷 세상을 만나던 단계를 넘어 스마트폰으로 간단히 접할 수 있는 전환기에 차분히 앉아 글을 읽고 쓰며 교류하던 과거보다 문학카페의 활동량은 저조해지고 있습니다. 밴드, 카카오톡, 스토리 등으로 더욱 간편하게 온라인을 접하는 제2, 제3의 인터넷 시대에 범람하는 미디어, 비디오, 오락, 정보 홍수 속에서 우리의 문학이 꿋꿋이 자리매김하길 염원하며…….

이 세상에 새로울 것 없으며 영원한 것 또한 없다지만 창작이라는 뼈 아픈 고통의 날을 세워 빚어낸 문학작품이야말로 새로운 창작물이며 인쇄화한 책자는 영원히 남으리라는 소망을 담아, 『파라문예』 11호를

펴내기까지 고통의 산실인 옥고를 내어 주신 작가 여러분을 비롯하여
편집을 주관하신 김덕천 시인께 심심한 사의를 표합니다. 그리고 시인
의 파라다이스를 가족처럼 여겨주시고 배려해주신 청어출판사 대표
이영철 선생님과 임직원 여러분께 감사를 전합니다.

『파라문예』 발행인
채 련

http://cafe.daum.net/cheryeun

파라문예 ⑪

발간사

파라문예시선

http;//cafe.daum.net/cheryeun

파라문예시선

최홍연

대한문인협회 회원
창작문학예술인협의회 회원
아람문인협회 회원, 아람문학회 회원
선진문학예술인협회 회원
한국시민문학문인협회 회원
낙동강문학 회원
한국GM 세종중앙물류센터 재직

서리꽃

나에게 오시면 안 될까요
생각을 말아야 하는데
마음의 화단에 씨를 심어 놓고

슬픔도 이별도 없는 세상 그리며
불면으로 세월 쌓이는 그리움에
홀로 깨어 별 하나가 눈물꽃을 피웠습니다

영원한 것은 없다 하지만
영원히 웃고만 싶은 애욕(愛慾)을 품은
이제 나 어찌 해야 하나요?

옆에 있어도 그리운 그대

하루를 열어가면서
제일 먼저 당신을 생각합니다
내겐 너무 아름다운 당신

그대를 마음에서 내려놓지 못한
하 많은 세월 무정히 흘러도
그리움은 유효기간이 없습니다

인생사 화무십일홍이라지만
옆에 있어도 그리운 그대
당신을 향하는 내 마음은 가릴 수 없어요

당신 사랑 향기에 취해서
한세상 살아갈 수 있도록
그저 당신은 변함없는 마음 하나만 주세요

동백꽃

어쩌면 좋을까
착각도 정이라며
필연의 삶으로

시처럼 살아온
어느 슬픈 별 하나
놓지 못한 정인가

첫눈 내리는 날
동박새 날아간 자리
맺힌 애절한 눈물방울
너무 붉다

홍종흡

경기도 남양주시 출생
문학광장문인협회 회원
문학광장 시 부문 등단(49기)
월남 참전, 포항제철·원자력연구소 등 근무
자영업 18년, 아코디언 6년

이른 봄 풍경

어디에선가 들려오는 맑은 물소리
산 계곡 눈 녹아 흐르는 물소리인가

겨울잠 자던 개구리
얼음장 깨지는 소리에 잠 깨고
꽃샘바람 타고 찾아온 따스한 햇살이
목련 꽃봉오리 열어 하얀 입술 보여달라 조른다

개나리 노랑 저고리
진달래 분홍치마 곱게 차려입고
저만치서 낭군 찾아 달려오는 봄 색시
앙상한 가지 팔 벌려 춤추듯 빙글빙글 돌다가
살며시 끌어안아 눈맞춤하는 수양버들

쩡쩡 울리던 동장군 물러간 연못가에는
금붕어 은붕어 떼 지어 따라오며
과자 달라 입 벌리는 정겨운 모습

아직은 겨울의 끝자락– 바람 차지만
연인의 가슴처럼 따스한 봄– 어서 오기를
시린 손 비비며 헛기침하는 노친네

쇠죽 쑤는 냄새에 소가 웃는 봄 풍경

독도의 위엄

나는 독도다!
아름답다 말하지는 않겠다
사내다운 기백이 자랑스럽지 아니한가?

헤라클레스의 팔뚝처럼 강한 손으로
동해를 때리고 휘저으면
물기둥 하늘로 솟고
바닷속 용왕들 놀라 혼비백산한다

호랑이의 포효보다 더 큰 소리로
자꾸만 기어오르는
섬나라 일본을 향해 꾸짖노라
나는 너희의 것이 아니니라!

태초에—
대륙의 큰 어른 대한반도는
두 팔 벌려 동해를 감싸 안고
엄지손가락과 새끼손가락을
바다 위로 봉곳 내밀어 올린 것이니
일컬어 엄지손가락을 울릉도라
새끼손가락을 독도라 하였다

섬나라 일본국민 너희는
오로지 내 앞에 머리를 숙여 경배하라

그리고–
너희의 스승인 대한민국을 배워라
대한민국의 땅 독도를 넘보지 말아라

자손만대 멸하고 싶지 않거든
하늘처럼 경외시하여 늘 섬기라

우리 할머니 꽃

아주아주 먼– 옛날에
우리 엄마 산골 동네로 시집오던 해

할아버지 바람나
어느 여인네 머리 올려 데려와서는
작은 시애미라나– 큰소리 치고
할머니 내쫓고 안방에 들여앉힌 날

갈 곳 없는 우리 할머니
작은아들네서 눈물로 살다가
눈 쌓인 정월에 쓸쓸히 돌아가셨어

불쌍한 우리 할미니
작년에 왔던 길따라 올봄에도 오실거야

하–얀 털모자에 연두색 치마저고리
자줏빛 얼굴 고개 숙인 채
한 맺힌 핏빛 토해내 울고 싶어서
우리 엄마 손잡고 오실거야

할미꽃으로 피어나 오실거야

 이기은

아호: 고송(孤松)
시인, 수필가
경북 포항 출생
시집 3권, 시조집 1권, 전자책 7권, 동인시집 60여 권 출간

세월의 뒤안길

창밖에 선 낯선 얼굴
누구더라, 한참 생각한 다음에야
탈피를 위해 벗어던진 허물임을 알아보았어
얼마만이던가
아침마다 거울을 스캔하였지만
부스스 일어선 머릿결만 인쇄되었어
가끔 공중화장실 세면기 앞에서도
셔터를 눌러댔지만 와이셔츠 카라만 찍혔어
유리 한 겹 사이에 두고
흔들리는 데칼코마니
언제부턴가 박제된 마른 꽃잎 같았어
눈꺼풀이 조금은 처진 걸 보니
세월의 지청구에 시달린 걸 알겠어
마주 보며 한숨짓는 과거와 현재
서로에게 각인된 원본은 젊은 날의 초상
흔들리는 시선 너머로 보이는 것은
아! 붉디붉은 저녁놀

내려놓음이란 것에 대하여

습관처럼 해가 지고 나면
어둠이 지배하는 세상
혼자 걷는 밤이 무서워서 운다
세 살 먹은 아이처럼

숲 속이어서
숲을 보지 못할 뿐이건만
음악이 잠들고
지친 가로등마저 눈을 감으면
세상은 고요를 꺼내든다

한 걸음 물러나서 심안을 뜨자
고정관념의 망토를 벗자
뒤집힌 사랑에 잠 깨는 미움
불행이란 허울 벗으면
행복은 늘 내가 입고 있던 옷

윤회의 굴레

당신의 마음 한갓진 곳에
생각의 색이 움트지 않은 내가 있었지요

향기 없는 꽃이어도
세상을 덮을 눈부심으로
오르가슴을 선물하던 당신께
무엇도 아닌 발아

싹이 트고 색깔을 입었을 땐
서릿발 꼭꼭 밟아주던 정성도 잊은 채
마음을 할퀴고 있었지요

미움의 색이 곱게 피던 어느 날
오르가슴의 향기는 사라지고
늦가을 들판 홀로선 허수아비
선물처럼 남겨두고 당신을 떠났지요

이제, 내 가슴 속이
격자무늬 소리로 채워지며

허허롭다는 말의 외투를 벗기고
인연의 굴레를 씌워 보듬고 있네요
삶이 그런 거라 체념하면서요

권규학

아호: 청송(靑松)
한국문인협회 회원
한맥문학가협회 회원
늘푸른문학회 회장
태화문학 수필 등단(1982)
한맥문학 시 등단(2004)
늘푸른문학 대상(2005)
한맥문학 공로상(2007)
장폴 사르트르 문학상 서정시집 저작 최우수상(2010)
시인, (사)숲해설가 부경협회 '숲해설가', (현)사무관 재직
시집 『詩가 삶이 될 수 없는 이유』, 『그대 사랑 앞에선』,
    『하늘바라기』, 『사랑바라기』, 『마주나기』,
    『어긋나기』, 『사랑이 잠시 외출을 했을 때』,
    『바람돌이』, 『숲길을 걸으며』
공저 『파라문예』 3집~10집, 『늘푸른문학』 1집~11집 외 각종
    문예지 100여 권

별은 내 가슴에

멀리 있을 땐 가까이 다가서고 싶었고
곁에 있을 때는 영원히 머물고 싶었다
마음이 조급해질 땐 무작정 달려가서
보드라운 별빛에 얼굴을 묻고
꼼짝달싹 않은 채 흐느끼고도 싶었다

하지만 그럴 수가 없었다
그리운 마음에 다가서 앉았다가도
금세 또 일어서 나와야 하는 현실
그렇게 앉았다 일어났다를 반복하며
불안한 사랑앓이로 세월을 허비했다

사랑, 사랑이라는 이름
언제나 향기로운 것만은 아니었다
달콤한 맛을 내기까지엔
울고 불며 지지고 볶은 숱한 세월
소태처럼 쓰디쓴 맛을 감내해야만 했다

사랑이란 게 그런 것이었다
사랑을 하게 되면
온 세상이 아름답게 보인다지만
모진 아픔과 슬픔을 동반해야만 했다

그래도 한세상 마지막 사랑이기에

안절부절 마음을 졸이며
무슨 일을 하든, 어느 곳을 가든
별빛을 안고 허송세월할 수밖에 없는

꽃처럼 나무처럼

너는 꽃이다
필 때도 꽃이란 이름이었다가
질 때도 꽃이란 이름으로 지는
필 때는 향기로 왔다가 질 때는 눈물로 가는……
가장 아름다운 순간을 죽음으로 마감하는
너는 사랑이란 이름의 꽃, 봄꽃이다

이 산 저 산에
복수초 노루귀 할미꽃 양지꽃 바람꽃들
이 들녘 저 들녘엔
냉이 꽃다지 봄맞이 제비꽃 민들레 별꽃들
키 큰 나무가 채 잠에서 깨기도 전에
살아남고자 하는 키 작은 꽃들의 안간힘
한쪽에 비켜서서, 한쪽으로 벗어나서
둥글둥글 아우르는 꽃과 나무의 깜찍한 모습들
어쩌면 키 큰 나무들의 양보인지도 모를 그런……

그랬으면 좋겠다, 우리네 삶도
키 작은 꽃이 물러서서 꽃을 피우듯이
키 큰 나무가 비켜선 채 기다려주듯이
세상이란 땅에 세 들어 사는 사람들도
나보다 조금 더 어려운 이웃을 위해
한 발짝 비켜서고, 한 걸음 물러설 수 있기를……
정녕 그랬으면 좋겠다

키 작은 꽃처럼 키 큰 나무처럼
한세상 두리둥실 그저 그렇게

남자는 배 여자는 항구

어찌 말로 다 할까?
봇물처럼 밀려드는 그리움의 칼날
까만 밤을 하얗게 밝혀도
새록새록 쌓인 한(恨)
새하얀 서리꽃으로 피는 걸

어찌 글로써 다 표현할까?
울고불고 난리를 쳐도
깜깜무소식, 반응 없던 시간
서리서리, 켜켜이 쌓인 그리움에
새까맣게 타 버린 가슴인 걸

어찌 그 마음을 알까?
희로애락, 파란만장 굴곡진 삶
길고 긴 인생 여정(旅程)
그 길 어디쯤에서 만난 인연이기에
꼬깃꼬깃, 가슴에 새겨진 이 간절함은

어쩌면 좋을까?
정처없는 삶의 항로에서
당신이란 항구를 찾지 못했다면
행여 그랬다면
내 삶의 이정표는 어떻게 바뀌었을까?

돌아보면 볼수록 행운이었다
생각하면 할수록 다행스럽다
길다면 길고 짧다면 짧은 세월
출렁이는 물결에 돛을 접고
당신의 항구에 닻을 내리고 싶은

류인순

아호: 가향
문학세계문인회 정회원
한국문인협회 정회원
한국문학방송(DSB)문인 회원
시사랑 시의 백과사전 회원
시와 그리움이 있는 마을 회원
문학세계 등단
울산과학대학교 졸업, 울산대학교 평생교육원
시 창작 수료
공저 『하늘비 山房』 3~6호,
　　『시인의 파라다이스』 2005~2006,
　　『파라문예』 2007~2014
명작선 『한국(韓國)을 빛낸 문인(文人)』 선정 작가
　　(2012~2014) 외 다수

참 신기해요

싸락눈 몰아치는
하얀 겨울에도
내 마음엔 훈풍 불고

창가에 걸린 햇살
유난히 달콤하고 눈 부셔
내 안에 휘파람새 목청 높이죠

먹구름 끼인 흐린 날에도
내 속 뜰엔 햇살 비추어
해맑은 미소 짓게 하네요

머그잔 가득 담긴
쌉싸래한 커피 향도
오히려 감미롭게 느껴지고요

특별할 것 없는 일상에도
순간순간 설렘의 꽃 피고
세상이 모두 아름답게 보여요

이 모든 것
당신만 생각하면

비우면 천국이다

간혹 사람들은 말하지
다음 생에 우리 다시 만나자
그런 약속 마라 모두 뻥이다
전생을 모르고 살아가듯
다음 생에 다시 만나도
그 누군들 알아보겠는가

눈앞에 있을 때 최선을 다하라
천국이 따로 있겠는가
내 귀한 사람과 함께하는
바로 이 순간이 천국이다

이 세상 단 한 번뿐인
아름다운 소풍 길
부질없는 욕심으로
소중한 것 놓치지 말고
조금은 모자란 듯 비워가며
귀한 사랑 보듬고 살다 보면
마음 곳간 행복한 천국 된다

짝사랑

내 맘속에

하루에도 수없이
천국과 지옥을
오가게 하는 사람

이철호

들뫼문학 회원
풀잎문학 회원
한국문학정신 대전지부 회장
한국문학정신 시 등단(2011)
40여 년간 교직 근무, 대전고용센터 근무

봄이 저만치에서 오고 있네요

꽁꽁 얼어붙은 얼음골 아래
조올졸 흐르는 여울물에서

앙상한 나뭇결에서
꽃망울이 움트는 매화꽃에서
봄이 오고 있음을……

밭이랑 위에
빠꼼히 내밀며 돋아나는
냉이, 쑥나물, 봄나물에서
봄이 오고 있음을……

그러듯
봄의 여신은
조심스레 우리 곁에 다가오고 있네요

봄! 봄!
봄이 오는 길목에
그대와
단둘이 봄맞이하러 가요

─봄이 저만치에서 오고 있어요

무심한 바다야! 너는 어찌 말이 없느냐
－세월호 사건을 보고

망망대해……
너는 더없이 넓고 깊기만 한데
그래서 포용력도 넓은 줄 알았는데
못다 핀
꽃다운 어린 생명을
그저 그렇게 품고만 있느냐
목메이게 애간장을 태우며
간절히 기다리는
어머니들의 통곡 소리가 들리지 않느냐
바다여!
너는 할 수 있을 듯한데
물 위에 띄워주기만 했어도
구할 수 있는데
너는 어찌 거센 파도만
일고 있느냐
파도여!
무심한 파도여
그날 이후 왜 그렇게
모질고 거세게
넘실거리고만 있느냐
바닷속에 잠겨 있는
여리디여린
아이들의 목소리가 들리지 않는단 말이냐
바다여!

파도여!
너는 알고 있겠지
어린 생명의 몸부림을
바다여!
파도여!
멈추어다오

어린 생명을
애타게 목메이며 기다리는
어머니의 품 안으로 돌려달라고
두 손 모아 빌어보노라

삶의 갈피 속에서

삶 속에서
한순간의 접히는
그 갈피 사이를
넘나들면서

살아갈 길보다
살아온 날이 더 많아지면서
그 갈피들은
추억이 되고 아련한
추억의 음악이 된다

갈피들의
틈바구니 속에서
삶의 희로애락을 느끼면서

삶을 갈피들을
하나하나
엮어가는가 보다

김대식

아호: 야천
강원도 영월 출생
한국문인협회 정회원, 운영위원
서라벌문학 경남지회장
부산시 시인협회 발전위원
서라벌문학협회 등단
부산광역시 시장문학상, 강원도 강릉시장문학상,
조치훈문학대상 수상
시집 『가장 아름다운 시간』 외 3권, CD시집 3권 발간

주말농장

모처럼 따뜻한 봄
아지랑이 내리는 주말
가족과 함께
주말농장으로 향한다
창가로 비치 드는 햇살이
유난히 눈부시고 따듯함은 느낀다
상추에 깻잎이며 여러 가지
씨앗들을 챙겨들고 텃밭으로 향한다
겨우내 잠들었던
땅을 파헤쳐서 씨앗을 뿌린다
삽으로 뒤집고 겨우내 잠자던
흙 향기가 솔직하며 나는 씨앗을 뿌린다
호미로 고르며 돌아오는 발걸음은
다음에 다시 왔을 땐
파릇파릇 싹이 나 있겠지
임을 기다리는 마음
나 또한 아름다운 어린 싹들이
나를 반기며 미소로 반길 거야

큰형님

나의 큰형님 마음은
시골 방
화롯불같이 따뜻한 형
팔십 형님의 목소리는
저 밤하늘에 별빛

아름다운 잔잔한 음악
파리한 얼굴 모습은
지난 세월의 노고요

동생들 사랑하시고 아끼신 모습
형님 얼굴에 아버지가 그립고
그 목소리에 어머님의 정이 가득하고

형의 등판은 태산 같은 모습이고
온유한 성품에 사랑은 어디에 비교할까?
형님 당신은 산속 꿀보다 달고

깊은 정이 보름달 빛보다 좋을까요
잔잔한 미소는
창에 비치는 아침 햇살입니다

술

술이 술 먹는 걸
늙어보니 알겠더라

술이란 놈
매우 영리하여
혈기왕성한 젊은이들
찾아다니며 술이
제 몸 먹어치우는 걸
알기까진 많은 세월이
필요했다

그래서
술은 늙은이에게는
가급적 자리를 오래
머물지 않더라

박청삼

아호: 혜운(惠雲)
경북 문경 출신
(주)교학사 근무
중고등학교 과학 학습서 다수 집필, 교과서 다수 개발
경희대학교 문리대, 고려대학교 대학원(이학석사)

첫사랑

보고 싶고,
또 보고 싶다

곁에 있고 싶고,
또 곁에 있고 싶다

그립던 얼굴과 마주치기라도 하면
얼굴은 불에 덴 듯 화끈거리고,
나의 心腸은 搖動을 친다

어색한 몸짓
부자연스러운 행동
올렁거리는 가슴
어눌해지는 말투

왜
그녀 앞에 서면
한없이 작아질까?

나의 靑少年 시기는
사랑의 成長痛 속 苦惱의 연속이었다

밤마다 홀로 쓰는 사랑의 詩

첫사랑,
그 심한 熱病을 앓고 나니
세상이 새롭게 보이기 시작했다

그 예배당에 가면
그녀의 풍금 소리가
지금도 귓가에 맴돈다

언덕길

이 산등성이를 지나야만
배움의 터에 갈 수 있는데,
少年이 걷기에는 다소 버거운 길이다

少年은 이 언덕길을 좋아했다

탁 트인 시야 속에 들어오는 農家의 風景
정겨운 소나무와 새의 지저귀는 소리
붉게 타오르는 구름 속에서
떠오르는 아침 해

少年이 좋아했던
작은 산등성이의 언덕길

그의 꿈은
五月의 눈부신 태양과 함께
이 언덕길에서 그렇게 영글어 갔다

동쪽 끝의 등대
-독도 등대를 염두에 두고 쓴 시

바위섬에 있는
작은 등대
東海의 어두운 밤을
홀로 밝힌다

붉은가시딸기가 익어가는 봄날
괭이갈매기의 보금자리에서
새 생명이 움트고,
暖流와 寒流가 만나
무지개 빛깔의
물고기들이 노닌다

가끔씩 바다제비가
陸地의 소식을 물고 와서
빨간 우체통에 담는다

등대 밑으로
올레길을 만들어
그 봉우리를 둘러보았으면……

오랫동안
水面 아래로 숨긴 몸을,
이 등대는
세상 밖으로 나오라고 손짓한다

노혜정

경남 산청 출생
한울문학 회원
한국문인협회 회원
늘푸른문학 회원
한맥문학 시 부문 등단
한울문학 10월호 서정문학 대상
공저 『한국 100인 명시선』 및 각종 문예지 60권,
『한울문학』 10월호, 『늘푸른문학』 8집 외
다수

이런 친구 하나 있었으면

아무리 투정부려도
바다 같은 마음으로
포용할 수 있는
친구 하나 있었으면

미운 짓 할 때면
알아도 모른 채
사랑으로 감쌀 수 있는
친구 하나 있었으면

삶이 힘들 때, 술잔 기울이며
밤새도록 내 얘기 들어주고
함께 있어줄, 부담 없는
그런 친구 하나 있었으면

목 놓아 슬피 울면
내 어깨 두드리며 위로해주고
언제든 기댈 수 있는 버팀목 같은
든든한 친구 하나 있었으면

기쁨도, 슬픔도 함께 나누며
궂은일에 가장 먼저 달려와
아파해주는 따뜻한 마음을 지닌
이런 친구 하나 있었으면

당신과 함께라면

어떠한 시련이 닥쳐도
내 손 놓지 않는다면
나 당신 가는 길 따를게요

당신과 함께라면
깊은 산속, 외로이 집을 짓고
왕소금에 풀 반찬 먹어도 좋고
물 말은 밥, 장 풀어 먹어도 좋아요

당신만 내 곁에 있어준다면
좋은 음식 멋진 옷 부럽지 않으니
명품가방 귀한 보석도 필요치 않아요

당신과 함께라면
힘든 삶 지혜롭게 헤쳐갈 수 있고
힘든 언덕길 콧노래 부르며 오를 수 있어요
당신은 그저, 변함없는 마음 하나만 제게 주세요

하루만이라도

단 하루만이라도 힘든 일상 벗어나
당신과 여유로움 가질 수 있다면

그렇게 해서라도
함께할 수 있다면 얼마나 좋을까

동트는 바다 바라보며
모닝커피 한 잔에 행복한 미소를 짓고

온종일 두 손 꼭 잡고
당신과 바닷가를 거닐고 싶어

별빛 쏟아지는 밤이면, 당신 무릎 베고
파도소리 들으며 밤하늘 별을 세며

당신과 하나가 되어
고운 화음으로 사랑의 세레나데 부르고

둘만의 예쁜 사랑 모래밭에 새기며
달콤한 시간을 갖고 싶어

김승규

아호: 해산
조선문학 시 부문 등단(2013)
문학의 정신 수필 부문 등단(2013)
김시습 문학대상, 연암 박지원 학술상,
무원 문학상 수상
한국 문학정신 우수 작가상, 조선문학 신인상,
민들레 문학상 수상
(전)국토해양부 근무, (전)구일 건설 대표이사
건동대학교 졸업,
경북대학교 대학원 최고 경영자 과정 수료
저서 『희망 메시지』, 『그 독종이 바로 나요』
편역 『인과 실화』

봄소식

봉림사 매화꽃이 지난달 만개라더니
겨울잠 골짝마다 쩌르렁 쩡 쩡 쩡 쩡
봉과 할* 요란한 소리 얼음눈물 줄줄줄

꾀꼬리 장단에다 탐화봉접 너울너울
산천은 봄이 되면 잠에서 깨나는데
인간사 찌들은 마음 언제 깨어날까나

자연에 순응하면 모두가 벗 되는데
애착이 만든 탐욕 갈증을 더하여서
가없는 윤회의 고리 목에 걸고 껑껑껑

봉棒과 할喝: 사람의 본래면목(本來面目)을 깨치게 하려는 방편인 임제 의현
(臨濟 義玄)의 '악' 하는 고함 소리와 덕산 선감(德山 宣鑑)의 몽둥이질을 말
함

양심의 꽃

바람이 구름으로 그림을 그리듯이
마음은 애착으로 행불행 만들어서
양변을 들락거리니 눈먼 저울* 춤춘다

바람이 구름 밀면 태양은 빛이 나고
양심이 드러나면 처처가 꽃밭인데
애욕의 색안경 쓰고 행복 찾아 헤맨다

생각을 바꾸어서 중용의 길을 가며
욕심을 다스러서 현실에 만족하여
양심의 꽃으로 피어 안락하게 살련다

눈먼 저울: 기준이 잡히지 않음, 중용(중도)이 안 됨

54

대통령의 구정 메시지로 지은 35자 행시

시재(詩材)

새해를 맞이하여 높고 넓은 큰 뜻 이루시고
더욱 건강하시고 복 많이 받으시기를 빕니다

근하신년 / 대통령의 메시지

새/로운 을미년의 아침이 밝아오니
해/묵은 근심걱정 모두가 떨치시고
를/랄라 사랑노래 천지에 퍼집니다

맞/추어 살아가면 지천이 행복이니
이/리도 각각이된 입장을 내려놓고
하/여가 한가락을 다함께 부르면서
여/여한 을미년이 되기를 원합니다

높/다란 국민의뜻 받들어 살피면서
고/요한 대한민국 위상을 드높여요
넓/기론 세계각국 아울러 생각하고
은/은한 한국위상 만방에 떨칩시다

큰/마음 갖춘행동 우리의 이상이며

뜻/세운 것이라면 반드시 성취하여

이/나라 이겨레를 온전히 보전하며
루/비의 색깔처럼 정열을 바치어서
시/대를 앞서가는 대한을 만들어서
고/고한 선비정신 만방에 펼칩시다

더/러는 부정적인 국민도 있지마는
욱/하는 반응으로 선동을 하더라도

건/강한 국민정서 이제는 성숙해져
강/요된 선동정치 따르지 아니하고
하/여간 지도사를 믿고서 따라가면
시/간이 문제이지 방향을 잃지않고
고/래*로 그랬듯이 합일로 나갑시다

복/받을 생각보단 작복의 한해되어
많/은이 행복한삶 살기를 기원하며
이/렇게 두손모아 합장에 절합니다

받/으면 거지마음 나누면 부자마음
으/흐음 잘난생각 조금씩 하심*하고
시/원한 감로수는 조금씩 채워가며
기/초를 다져가며 정성을 다하시면

56

를/랄라 이웃간에 정겨움 오가리다

빕/니다 비옵니다 신명께 비옵니다
니/토*가 다되도록 빌고또 비나이다
다/같이 대한민국 잘되길 비옵니다

고래(古來): 옛날부터 내려오는
하심(下心): 마음을 낮추다
니토(泥土): 진흙

조숙희

경남 마산 출생
월간 한국시 등단
새부산시인협회 정회원

꽃향기 바람에 날리면

아름다운 사랑 뒤에
아름다운 이별도 할 줄 알아야지
향기가 없는 꽃이 어디 있더냐
아프지 않은 이별 어디 있더냐

삶의 기나긴 강을 건너가면서
얼마나 많은 이별을 맞이할 것인가
슬픔은 마음의 강가에 풀어 놓고

이별의 아린 추억에 화사한 옷을 입히고
꽃향기 바람에 날리면
사랑할 때의 마음을 아끼지 아니하고

한 조각의 마음을 내어 주며
떠나가는 발자국마다
수정 빛 그리움의 수를 놓으며
떠나리라

겨울 낙엽

봄여름
푸른빛으로
싱그러움으로 곁에 있더니
서릿발 호호 낙엽 되어

바스락
애잔한 그 소리 하나를 남기고
온기 없이 핏기 없이
온몸이 부서지누나

푸른빛에서
노을 진 빛깔,
황금빛으로
색색이 옷 갈아입더니

옛일도
어제 일도
오늘 일도
색색으로 거두어 품고
가로수 옆길에서
온몸이 뒹구는구나

청소부 싸리비에 쓸리고
겨울바람에 쓸리고

세상모르게 내 발에 밟히고
오늘따라 유난히 아프게 들려오는
너의 비명, 바. 스. 락. 바스락,

날개

접힌 날개 밑에서 힘겨웠던 나날들
꿈을 모으고 다듬던 시절도 가고
끝이 보일 것 같은 내 삶은
머무르지 않고 잡히지도 않으며
흐름은 끝없어
닿는 곳 모르는데

부질없는 허공을 향해
무던히도 파닥거려 보았던 날갯짓들,
허무함에 나는 소리 없이 눈물 흘렸지

노을 짙은 저녁 바람을 타고
잃어버린 어린 시절
끝없이 바라보았던
먼 하늘을 향해 접힌 내 날개를 다시금 펼쳐본다

김정임

아호: 운화(雲華)
한국문인협회 회원
한맥문학동인회 회원
한국영상문학회 회원
한국서정문인협회 이사
한맥문학 등단, 신인상 수상
시집 『꽃잎에 쓴 엽서』 외 동인시집 다수

아름다운 사계

아무리 아름다운 계절이 와도
하늘의 오묘한 뜻을 모르는 사람도 있다

빨간 장미꽃이 고운 화병에 담겨
파란 하늘이 보이는 창가에 놓여 있네

내 마음도 저리 고우면 좋으련만
하늘의 사랑은 저리도 깊고 높아
보고 들어도 세상 허물을 덮어주신다

계절 따라 마음도 변해가면 좋을 텐데
봄 같은 마음이면 참 예쁘겠지요

여름 같은 마음이면 희망이 가득하고
가을 같은 마음이면 겸손하겠지요

겨울 같은 마음이면 얼마나 깨끗할까요
하얀 눈이 내려 죄 많은 세상을
덮어 주시기를 기도드리며
남은 세월 고운 마음으로 후회 없이 살리라

그리운 아버지

아버지 그리도 춥던 겨울은 가고 봄이 왔네요
산과 들에 오색 꽃들 만발하면
강남 갔던 제비도 돌아오겠지요

6·25 때 피란민들이 많이도 왔어요
흉년이 들어 모두 가난했던 시절
산에도 들에도 바닷가에도 먹을 것 찾아 헤맸지요

아침이면 아버지는 슬픈 모습이셨지요
먼 바다를 바라보시며 눈가에 맺힌 이슬

지금도 그때를 생각하면
주리고 사신 가엾은 내 부모님
가슴이 쓰리답니다

그 사연을 다 쓰자면 밤을 새워도 모자랍니다
지금은 먹을 것 입을 것이 많아서
버리면서 산답니다
그런 것을 볼 때마다 하늘에 죄스러워요

아버지께 못다 한 효도
천 분의 일이라도 누군가에 갚으면서
최선을 다하며 사는 딸이 되렵니다
아버지 그리운 내 아버지

그리움에 내린 비

눈물이 빗물 되어 주룩주룩 유리창을 때리며
밤이 새도록 하염없이 내리네

어느새 날이 밝아 살며시 창문을 열었네
문밖에 서 있는 그 사람
내가 사랑했던 사람 꿈은 아니겠지요

그러나 너무 짧은 만남이 긴 이별이 되었네
가다가 돌아보며 손 흔들어 주던 사람
그것이 영영 이별일 줄 몰랐네

수많은 세월이 흘러갔지만 잊을 수 없어
내 마음 빗물에 섟고 한없이 그리움에 젖네

그는 갔지만 추억은 남아 내 가슴에 있네
못 잊어 그리운 모습 가슴 깊이 담고 살리라
세월 따라 가버린 사람 그리움이 비가 되어 내리네

이정용

아호: 안산
한맥문학 1월호 신인상 수상(2015)

무의도 그 섬에 가면

눈부신 햇살이 쏟아지는
넓고 넓은 은빛 바다
하늘도 바다에 누워
긴 기지개를 켠다

무의도 아름다운 섬
그곳에 가면 호룡곡산 국사봉이
어머니 젖가슴처럼 누워있다

망망대해 어부는 거친 파도를 헤치고
바다 저 끝까지 나아가
고기 잡고 꽃게 잡고
아낙은 굴 따고 소라 삽고
고달픈 하루가 모진 해풍에 실려간다

갈매기도 찾아오는 길손을
반가이 맞이하네
그들은 아주 잠시 머물다가
그리움만 남겨두고 돌아갈
무정한 임인 것을 아는지 모르는지

꽃

예쁜 꽃은
내 마음을 흔들고
향기로운 꽃은
나를 행복하게 한다

예쁜 꽃은
항상 나의 손길을 원하지만
수수한 꽃은
홀로 역경을 헤쳐 간다

아름다움 속에
독과 가시가 숨어 있고
수수함 속에
진한 향기를 품고 있다

예쁜 꽃
행복을 꿈꾸며 다가온 자
눈물을 흘리게 하고
수수한 꽃
수줍게 내민 꽃에 열매 맺어
허기진 이웃에 살을 내어 준다

방황하는 도시의 야생마

울타리 속에 갇혀있는 고독한 마음
오늘도 콘크리트 벽으로
둘러쳐진 도시에
생기 없는 아스팔트 위를 걷는다

조각조각 끼워 맞춘
도시의 퍼즐 조각들
회색빛 안갯속에 길 잃은 야생마
거대한 유리벽에 갇힌 채
신음을 한다

거친 광야를 달리며
자유를 누리던 삶은
잊은 지 오래된 꿈
삶에 몸부림 속에
썩은 여물에도 사투를 벌인다

밤하늘에 별들이 반짝이면
내 안에 잠들었던 영혼은
긴 여행을 꿈꾸고
긴 여로에 지친 몸은
구겨진 채 잠을 청한다

최태섭

경기 안성 출생
문예사조 시 부문 등단(2005)

잇새침

앞니 어금니
사이사이 틈새를
요리조리 매만지는 것

음식상에서
실컷 먹고 난 뒤에
두리번거리며 찾기 일쑤인

흔히들 말해
'이빨쑤시개' 라 하고
더러는 '요지' 라고도 부르는데

언뜻 듣기에
첫 번 건 대뜸 소름끼치고
다음 건 낱말사전이라도 뒤져볼거나

순수 우리말로
이름 지어 내보이는 '잇새침'
바라건대는 너도나도 널리 불리기를

'덤' 살이 여생

응애 하고 태어나
나름대로 살아가다가

왔던 순서 고대로
질서 있게 떠남이 아닌

연하의 부고를 받고
문상 길에 나서는 걸음

칠순인 이내 노틀은
'덤' 살이 여생으로 여겨

이제부턴 남은 날
욕심일랑 몽땅 버리리?

속내가 드러난 잔치

요즈막에는
환갑잔치 한단 말
들어본 지 이미 오랬고

칠순마저도
슬그머니 그리로
친사촌 이웃사촌 집안끼리만

팔불출처럼
사돈의 팔촌에까지
있는 대로 청첩장을 돌려 축하해 달라?

볼썽사납게
돈 봉투 접수대를 차린
측은하기가 이를 데 없는, 속내가 드러난 잔치

최 명운

아호: 솔거
한맥문학 시 부문 등단(2004)
세계문학아카데미 세계시인대회
문학21 시화, 문학세대 시화, 만다라문학
한류문학 시화, 문학세계 시화, 서정문학회 시화
충청경찰신문, 울산주간신문, 대한100인의 시화
시마을 시화, 한울문학 시화, 시사문단 시화
포항 영일 시단전 초대작가
시집 『도깨비 같은 놈』
공저 『고려달빛세계시인사 전집』, 『늘푸른한맥문학』 동인 3집,
  『영남문인회』 창간호, 『울주문학』 창간호

똥 묻었다

내 마음도 똥이 묻었으면서
남을 탓한다
내가 성인이 아니면서
성인인 척 남을 놓고 쥐락펴락
쥐었다 놓았다 한다
나 자신도 구린내 난다
남도 나를 보며 찌푸리는데
자신만 깨끗하다 옳다고 한다
남을 저울질하는 것은
남도 나를
질이나 양 따위로 비교할 것이다
자신도 못하면서
남을 지적하는 것은
남도 나를 손바닥에 올려놓을 것이다

언젠가 낚싯바늘에 낚일 것이다

바다가 동면에서 깨어나 꿈틀거린다
방파제 테트라포드에서
돛단배 위에서
물고기 잡으려는 낚시광들에
바다는 전신을 허락한다
아니 맛만 보라고 일부분만 허락한다
그 어느 누구에도 전신을 맡기지 않았으며
정복되지도 않았다
송사리부터 고래까지 대군으로 무장하고
일부 졸개들만 인간에 내주었다
바다 거대한 몸을 가지고 있으면서
물결 겉만 내어준다
심장은 그 누구에게도 위탁하지 않는다
물고기 거대한 지방층에서 놀게 하고
항해하는 배 갈매기 물결에서만 허락한다
거칠게 용트림하는 바다 실체
그 누구에게도 허락하지 않는다는 것이다
어떻게 만들어졌는지 모르는 바다
문을 여는 그날이 언제일까
잠시 잠시 겉모습만 보여주는 장대한 바다
언젠가 나의 낚싯바늘에 결국 낚일 것이다

어항 속 인간

한가롭게 노니는 것 같아도
강한 놈이
약한 놈을 쫓아다니며 괴롭히고
약한 놈은
지느러미 다 뜯겨 결국 죽고 말더라
어항을 먼저 차지한 물고기
다른 종 물고기 넣어주니
터줏대감 행세하고
한 마리 한 마리 괴롭히고 잡아먹더라
물고기도 끼리끼리 놓아야 평화롭고
계급 사회가
존재해야만 어울림 세상인가
기회균등이란
절대 성립되지 않는 것인가
나름 평등보장 원칙을 만들지만
정당한 몫 이익 보편적인 정의일 뿐인가

 강경애

한국미소문학 등단

봄봄

공원 돌담길
메마른 가지 끝에
삐죽삐죽 새순이 돋네

아파트 돌 틈 사이로
쭈뼛쭈뼛 고개 내민
뽀얀 쑥의 향기
도서관 담벼락
양지바른 길가에
털북숭이 목련꽃 봉오리

봄날
아지랑이처럼 피어나는
살뜰한 그대는
영원한 나의 봄입니다

도시의 뒷골목

황량한 도시에
어둠이 깊어지면
화려한 불빛들은
하나둘 잠이 든다

도시의 뒷골목엔
취한 듯 휘청거리는 그림자
낮에 잃어버린
무지갯빛 꿈을 찾는 걸까

꺼질 듯 꺼질 듯
광채를 잃은 회색 가로등
봄은 아직 멀었건만
오늘은
추적추적 비마저 내린다

덕유산 향적봉

덕유산 향적봉에
하얀 눈꽃이 피었다
눈바람이 휘몰아친다

앞서가는 빨간 모자 아가씨
까만 눈썹에
하얀 서리가 내렸다

이까짓 한겨울 추위쯤이야
거친 눈보라 속을
헤쳐 나온 우리 민족이 아니던가

벌거벗은 겨울나무
눈바람에 꺾일세라
함박눈이 허리까지 감싸 안았다

공석진

경기 송탄 출생
한국문인협회 회원
고양문인협회 회원
현대자동차 대리점 대표
저서 『너에게 쓰는 편지』, 『정 그리우면』,
『나는 시인입니다』, 『흐린 날이 난 좋다』

문턱

저 문을 열고 나가면
참사랑이 보이고
저 문을 나가면 더 큰 문이
활짝 열려 있는데
그 문을 오르다 말고
밧줄에 묶여 매달려 있다

간신히 문턱에 올라도
요새를 지키는 수문장처럼
눈 부릅뜨고 서 있는
끝도 없이 높은 강화문을
내 가슴벽 치듯 두드려도
발밑에 움찔하는 기적일 뿐

헤집고 다니는 세미한 티끌로
빈틈없이 채워져 있는
충동적인 욕심과
마성 도사리는 욕망을
결코 버리지 못하고
허망한 과언만 내뱉는가

고독은 다 이유가 있는 법
쉽게 허물지 못하는 단절은
죽음에 이르는 병이 되어

내가 가야 할 문의 턱은
아집으로 쌓아올린
내 마음의 벽만큼 높다

화석정

정자 마루에 정좌한 시인이 시를 짓다 말고
임진강 너머 북녘을 지그시 바라보다가
강물이 역류하도록 통박한 한숨을 쉰다

앞에 두고도 못 가는 장단을 지켜보느니
차라리 등지고 앉아 벙어리로 묵언수행하리

오백육십 나이로 늙어 버린 시인이나 나나
가슴이 허수히 뻥 뚫려 아픈 건 매한가지요
허허한 가슴을 개흙이라도 가득 채워 주오

우도에서

이유 없이 매 맞아 서러운 바위는
결코 용서하고 싶지 않았을 게다
곳곳에 박힌 한으로 구멍이 나
스펀지처럼 가벼워진 현무암이
먹먹하여 벼루 색이라고
시커먼 피멍이 먹물 번지듯
바다에 녹아들어 멍 빛이라고
사십 년 불알친구들이
난청의 귀를 밝게 해 주는데
우도의 머리를 바라보다
소머리국밥 타령이나 하는
시인의 염치없음이 난처하였다

한 마리 소도 보이지 않는 섬
소가 오른쪽으로 누워 우도라고
겸연쩍은 넉살에 낄낄거리며
방어회로 마시는 소주 몇 잔에
굳게 닫힌 감성의 무장을
제방의 둑처럼 무너뜨렸다
등 굽은 바위 하나가 떠다니다
무너질 듯 흔들리며 일어나
굵은 눈물을 바다에 뿌리며
휘청휘청 다가오고 있었다
그래 내게 술을 따라 봐
우리의 고독을 이야기해 보자

안경애

필명: 사라
소로문학 등단(2010)
동인지 『텃밭문학』, 『문예지평』,
소로문학골 『낙엽 뒹구는 그대 뜨락에서』,
『오솔길 아름다운 열 번째 동행』 외
다수

사랑은

사랑은
한 소절 고운 언어로

서로가
원하는 만큼의 거리에서

꽃이거나
눈물이 되어도

영원히
아껴주는 것

찰나,
고통은
덤으로 온 선물이다

내 사랑 목련화

아직도, 내 가슴에
살아있는 하얀 그리움

봄바람 타고 몽글한 꽃망울
내 곁에서 활짝 피려나

차마 잡을 수 없어
먼 눈빛으로 보내었던 당신

떠나지 말라고
꼭 말하고 싶었지만
차마 그 말만은 못했지

긴 세월 흐르는 동안
청년의 시간 속에서 다시 생각나는 사람

너의 나지막한 목소리
귓전에 머물고
네 하얀 얼굴이 내 눈빛에 흐리니

바람처럼 잠시 다녀가는
가벼운 인사에도
오랫동안 남겨지는 설렘

그대 모습을 닮아
내가 좋아하는 꽃
내 사랑 목련화

추억의 유혹 앞엔
냉철한 사고(思考)도
잠시 회상에 잠겨 허우적거리네

봄빛

비 오는 날에도
해가 뜨는 날에도

내 마음
가득 번지는
넌, 미나리 빛깔의 미소다

낡은 돌 각 담에
엉기는 물방울처럼

사방에
금, 은빛 드롭스 햇살
넌, 싱싱한 예닐곱 눈빛이다

미풍 따라
햇살 다발 소복하니 얹혀

무덤덤한 심장까지 쫓아와
살랑살랑 흔들어대는
넌, 푸르게 날고 싶은 몸짓이다

박현

솟대문학, 지필문학, 파라문예 시인
한국미소문학 신인문학상(2011)
솟대문학 추천완료(2012)
수레바퀴 문학상(2012)
복지21신문 시와 그림(주 1회 연재)
동인시집 『시인의 향기』, 『꽃잎은 져도 향기는 남는다』

봄바람

봄이 가만히 꽃송이 수놓으면
바람이 되고 싶다

가장 고운 봄꽃 향기를 품어
그대를 만나고 싶다

세월 벗어놓고 미소를 찾아
은빛 나래가 되고 싶다

잃어버린 여명의 노래 찾아
가는 바람이 되고 싶다

달빛 사랑

아스라한 별빛으로 먼 그리움
울타리 친 어두운 밤 아려도
햇살 온 아침에 이슬로 맺혀
미래로 순수 나래 펴라 하네

수레바퀴 세월에 아닌 듯이
바람처럼 사라져도 어느 날
청옥 주단 연못에 달로 떠
맑은 결 달빛처럼 살라 하네

사랑의 의미 (3)

사랑이 아름다운 것은
그리운 꽃 피듯
그러하기에
그러하기에 눈부시다

사랑이 아름다운 것은
기다린 열매이듯
그러하기에
그러하기에 향기롭다

사랑이 아름다운 것은
향기로운 미소이듯
그러하기에
그러하기에 보고 싶다

사랑이 아름다운 것은
백지에 연서이듯
그러하기에
그러하기에 진실하다

사랑이 아름다운 것은
행복한 표 한 장이듯
그러하기에
그러하기에 그리운 것

유해주

아호: 덕언(德彦)
경남 합천 출생
한울문학 신인 문학상 등단
영남대학교 공과대학 화학공학과 졸업

봄은 왔는데

겨우내 추위를 견뎠던 앙상한 나뭇가지들
언제 봄을 맞았는지 피어나는 산수화
제일 먼저 반가이 인사하는 봄 손님
푸른 소나무는 계절이 바뀌어도 변함없는데
누런 색깔의 나뭇가지는 마음을 아프게 하네

오랜만에 짬을 낸 여유로움은 발길을 멈추네
개나리꽃 화사하게 피어나는 꽃망울
임을 만난 듯 마음은 기쁨과 즐거움 가득한데
숫자에 불과한 나이는 숨길 수 없네
찬 밤바람에 캑캑대게 하는 목구멍
가래 놈은 사람을 괴롭히고 콜록이는 기침 소리
정적을 깨뜨리고 삼들을 깨우니
고요한 공원의 분위길 망가뜨리는도다

자정이 가까운 숫자를 확인하며
떠나기 싫은 발걸음은 온몸의 스산함에
마지못해 갈 길을 재촉하게 만드네
오래 머물면 감기란 놈이 두렵고
또 한 번 잠을 깨울 것 같은 연약한 생각
마음만 남겨두고 미련은 새겨두고 간다오

봄은 왔는데

그대 생각

그대를 생각하면
사랑하는 마음이 솟구쳐요
내 얼마나 당신을 그리워하는지
지금 이 순간 내가 바라는 것은
당신의 손을 잡고 마주 보며 웃고
손잡고 걸어가는 것이라오

부탁이에요
당신에 대한 나의 사랑을
나의 사랑은 우리가 처음 만나
사랑을 나누던 그날처럼
새로운 사랑을 시작하자는 것이라오

사랑해요

은행나무를 바라보며

장수를 상징하는 나무
천 년을 훨씬 넘었다는 사적 보물 앞에
백 년도 못 사는 인간 가소롭기 그지없구나

주위의 나무들은 노랗게 물들어 잎 떨어지는데
너의 잎들은 건강함을 자랑이라도 하듯 파랗구나
사람은 나이 들면 힘없고 볼품없는 천덕꾸러긴데
싱싱한 너의 모습 무병장수를 이야기해 주는구나

떨어져 있는 열매는 어느 나무 열매보다 크고
육십 미터가 넘는 키와 십사 미터가 넘는 넓이
지구의 동식물이 멸종해도 은행나무는 죽지 않아
큰소리치며 나를 보라며 알려주는 자세인가

보기 좋고 아름다운 나무는 쉽게 없어진다고
장자가 말했듯이 세파에 많은 어려움 있었으리
사람들이 너를 탐내며 죽은 자의 관으로 쓰려고
욕심냈지만 너를 지키고 보호했던 사람들
고맙다는 인사라도 하듯 묵묵히 자리를 지켜온

은행나무여

사람들이 모여와 바라보며 셔터를 누르고
기념 촬영하며 기뻐하는 모습들

많은 풍파를 경험하며 고행했건만 말 없으니
인내와 끈기의 세월은 떳떳하고 겸손의 수행

언제 다시 찾아와 너의 모습 볼 수 있을는지
무병장수 거듭하여 좋은 사료 전하고 증명해다오
무병장수 은행나무를 바라보며 생각에 젖어본다

김이대

한국문인협회 회원
한국시인협회 회원
동해남부시 동인
자유문예 시 등단
안동사범학교 졸업

쑥부쟁이 꽃

숨겨도 숨겨도 감출 수 없는 마음
속속들이 빼앗아간
쑥부쟁이 꽃 피어
논둑 밭둑이 젖는다

새파란 하늘에
선녀의 옷깃 같은 꽃

청초하게 꽃 피어
순정을 산산이 깨뜨린다

기다릴 사이 없이 옆에 왔다가
돌아보면 저만큼 걸어가는 뒷모습

애틋하고 절절한 가을날의 고백
해맑은 얼굴로 설레게 했어요

분홍저고리에 풀색 치마 입고
걷다가 지치면
업어주고 싶은 마음
들녘에 서 있는 사랑 이야기

행복하세요
행복하세요

쑥부쟁이 꽃 필 때

쑥부쟁이 꽃이 필 때면
햇빛 속에는 눈물이 가득합니다

선녀의 옷깃 같은 꽃이 피어
눈이 마주치면
가슴을 파고드는 슬픈 이별이 들길에 있습니다

너와의 인연은 모질고 질겨서
챌린저의 바다보다 깊고

들녘에 핀 저 꽃들은
애틋하게 부르는
손짓입니다

울고 떠난 이별을
햇빛이 안아 주고
바람이 업고 갑니다

산으로 바닷가로 숨긴 이야기는
잡은 손을 놓지 못하는
눈물입니다

풍매화

초면으로 만나
선명하게 마주치는 눈과 눈빛은
서로를 알아본다

생각보다 먼저 와서
각인되는 순간
생각보다 먼저
점 찍고 달아나는 바람

붙잡고 싶었지만
불러볼 사이 없이
떠나는 바람
불현듯 사무치는 그리움

이별 후에도
끝나지 않는 머나먼 길을 간다
풍매화

김영배

아호: 대경(垈炅)
한국미술협회 회원
한국문인협회 회원
백제문학문협 회원
서양화 전업작가회 회원
詩가 흐르는 서울 회원
초록안개詩想 문협 회장
연수문협 이사
서양화가, 시인

외로운 파도

얼려버릴 것같이
하얀 거품 내 품으며
혼자 자지러지듯
다가와 치고 가는 파도

지난날 시원함은 어디 가고
찬바람에 허무함만
감도는 쓸쓸한 바닷가

겨울은 차갑게 외로움만 만들고
아무도 찾지 않는 모래사장에
파도는 쓸쓸히 혼자 노닐고 있다

공허한 마음

달빛도 인색해지는 초겨울 소리 없이 비가 내리고
촉촉이 겨울비에 젖어가는 거리의 풍경이 낯설다

지금은 바라볼 뿐 아무것도 할 수 없는 그리움
깊이 묻어두었던 추억을 끌어올려 보지만 없다

외로움이 고독과 공허한 마음에 아프게 찾아들고
애절한 마음은 무게를 느끼기도 전에 발등에 떨어진다

모든 것을 허락할 수 없는 애타는 운명의 그리움
저린 가슴만 다독일 뿐 알지도 못한 채 세월을 따른다

외로움이 비로 변화되어

봄비 내리는 창밖을 바라보며
순환의 과정이 남긴 그리움
작은 바람에도 쉽게 날아가고
삭막한 세상 살아가는 검은 그림자

하늘로 향한 그리움이 살랑거리며
같은 마음속에 슬픈 눈물의 사랑
아픈 기다림이 수많은 빗줄기에 섞여
마음에서 흐르는 물을 감싸고 있고

물감으로 그려낸 마음의 세상 모습
고요함을 넘어 생명이 움트고
익숙한 외로움이 비로 변화되어
겨울 추위를 이기고 봄을 시작한다

김명석

아호: 청산(淸産)
전남 출신
한울문학 등단(2005)
사진작가, 아세아미생물연구소 소장
시집 『바람소리』, 『그날이여』

인생

가던 인생길
뒤돌아보면
속절없던 시간은
메마른 낙엽 따라 흩어져 가고

잠을 깨면
새날과 가야 할
낯선 길이 펼쳐진다

승자만이 군림할 수 있는
세상에서
그려진 과녁을 향해
힘껏 당겨본 살은 보이질 않는다

별은 하늘에 있고
소리는 있되
볼 수 없는 바람은
귓전을 스친다

공수래공수거(空手來空手去)

빈손으로 와
빈손으로 떠나야 하는
짧은 삶 속에서

너와 난
무엇을 잡기 위해
황량한 들판을 달려왔을까

결단코 보장될 수 없는
한순간 누려온 권세(權勢)는

바닷가 모래를 쥐어본
허상(虛像)이었고

채워도 채워지질 않는
부를 향해 달려갔지만

한순간 스치는
바람 됐을까

4월의 슬픔

하늘도 땅도
그리고 초목도
다시 볼 수 있지만

4월의 흐느낌 속에
서 있는 너
너는 보이질 않구나

꽃은 피어
웃고 있는데

가슴속에 묻혀버린 너는
정녕 돌아올 수 없단 말이냐

이정순

아호: 향기(香氣)
한울문학 언론인 문인협회 회원
대한민국 문화예술교류진흥회 회원
한국문화예술 유권자총연합회 회원
한울문학 언론인 문인협회 충청지회 회원
한울문학 시 부문 등단

가는 겨울 오는 봄

시간이 멈춰 섰다
기억의 조각들이

이리저리 뒹굴고
추억이 뽀얗게 서려져

그리움에 목멘 외침
바다 너울 속에 묻었다

연분홍 리본을 달고
봄은 웃으며 찾아든다

지저귐이 점점 커지고
반복의 수치 속에서

하나씩 잘라져 나가는 수족
떠나는 그리움에 목이 멘다

4월의 커피

햇살 한 줌 줄래요
꽃잎도 몇 잎 넣고
바람이 포근한
푸른 풀밭에 앉아

꽃 향 몇 방울 넣고
꽃잎 하나 띄워
김이 폴폴 나는 커피
새들의 지저귐 소리

시어가 커피 속으로
떨어지고 있습니다
아장아장 걸어오는
아지랑이도 한몫

아
사랑이 빠졌군요
그대의 사랑도 한 줌
내 마음 고명으로 넣어
부드러운 입술에-

사랑을 엮는 밤

남긴 정
쓸쓸히 헤매는 창공 속
애틋한 사랑이 마음 안에
시시때때로 찾아오는 밤

못다 한 정
말없이 찾아들면 포근히 감싸 안고
그리운 사랑이 꽃피우고 있었습니다

아슬한 눈썹달 걸친 이 밤
사랑을 엮고 있었습니다
고요 속 침묵을 깨는 밤

달빛에 당신의 얼굴이 비쳐
울컥한 가슴
그리움에 눈물 삼키고 있었습니다

이윤희

경북 출생
한맥문학동인회 회원
한국문인협회 회원
한맥문학 시 등단
시집 『그대 다시 인연으로 온다 해도』
공저 『파라문예』, 『포엠』, 『수상문학』,
　　『한맥문학 사화집』 등 다수

봄날의 연서

사라지고 없던 것들이
다시 찾아오는 계절
얼었던 땅 밑 잔설 녹아
계류에 밤낮 흐르는 봄
그리운 사람 만나던 날처럼
이유 없이 가슴이 설레여 오고
마른 나뭇가지에선
파란 마술이 열리면
새들의 이야기가 시작되는 봄

푸석한 마른 풀섶에서
이름도 모를 나물들이
고운 싹 올려 입맛을 돋우고
아름다운 계절 속에 부여받은 한 목숨들
자유로운 바람과 뽀얀 햇살에
밤마다 싹을 올려 자비를 베풀면
봄날을 부추겨 찰랑이는 물결 위로
흩날리는 고운 햇살 꽃잎처럼 내려
봄날 저녁놀은 비단이불 같더이다

알 수 없는 심지

저 높은 하늘에
손 닿을 수 없는 별
쏟아져 내린다 해도
내게 못 미칠
가슴으로 몰려드는
공허를 채우려 해도
그리움에 눈시울 젖던 밤
얼마나 안타까웠던가

너는 오늘도
해를 등지고 떠도는
청춘에 사라진 별
어두운 밤에만
가슴에 뚝 떨어지는
허방으로 달리는 마차
내 등 뒤에서 불 밝히는
알 수 없는 심지

허망

몇 년 전 제2의 제3의 행정도시
지식기반의 도시
빈 가슴 설레게 대책 없이 떠들더니
망각의 세월 안고
균열 진 땅바닥에
흐린 날 맑은 날
쓸쓸히 저물어가는
석양빛만 외롭네

거기 내 작은 소망 한 덩어리
겹겹이 쌓아올린
도시의 빌딩마다
차고 넘치는 인맥들
이루어지고 허물어지는
흔해서 잊혀져간 애절한 들꽃처럼
지나가는 계절에
봄날은 다시 오고

모진 세월 수수년을
썩지 않는 들풀처럼
바쁠 것 없는 하 세월에
허망만 우거졌네

이현기

아호: 두산(斗山)
문학세계 문인협회 회원
대한민국 시서문학 회원
현대불교 문인협회 회원
문학세계 시, 수필 부문 신인상 등단
대한민국 시서문학 시조 부문 신인상
시집 『고향 그리고 어머니』, 『가림토의 꿈』,
　　『달집 태우는 불꽃』, 『나그네의 행복』,
　　『기도의 숲』

폭발하네

젊음은 황금시절 알고도
허비하네
순간에 지나가는 열차에
자리 잡게
헛되어 낭비한다면 백발 되면
눈감네

어려운 화두일세 젊음은
폭발하네
화약을 심사숙고 가려서
써야 하네
한순간 참지 못하면 인생 삶이
끝이네

천릿길

어디로 갔는가요 조선의
인심들아
찾을 길 없는 고향 낯선 땅
되고말고
초상난 윤리 도덕에 상주 노릇
히누나

정 많은 이웃집에 얼굴도
없어지고
웃음도 없어졌네 초가집
낭만도야
보이지 않고 천릿길 고향땅이
됐구나

가슴 치고

살다가 성 바꾸고 사는 놈
있고말고
페인트칠하고서 웃는 놈
보고말고
그래도 웃으며 찾는 시대 산물
됐구려

세상을 황금으로 자기를
앞세우네
모두가 아는 이치 숨어서
가고 있네
양심은 요동치면서 가슴 치고
있다네

김영중

한울언론문학 서정문학대상 수상
(전)문학광장 운영이사장
(전)법무부 청송교도소 종교의원
(전)부산 동부경찰서 경승실장
(현)종교법인 실상사 대표

꽃잎편지

피지도 못한 채
그리움만 남기고 간 너를
행여 돌아올까
기다려 봐도

서산에 해가 수없이 지고
동쪽 하늘이 다시 밝아도
너의 기억은
옛날 그대로인데

행여나 올지 몰라
주소 없는
꽃잎편지
너에게 보낸다

그리움

자정이 지난 밤
고요 속에
그리움이 밀려오면

지나간 옛사랑이
가슴을 파고든다
다시 올 리도 없지마는

봄인가?

바람이 분다
남풍은 아닌가 보다
목련 동백이 단장하고
양지바른 텃밭엔 노란 나비도

먼 산 흰 눈이 아직은 다 녹지 않았는데
들쭉날쭉 기온이 널뛰기한다
그래도 나뭇가지에 망울이 부푼다
봄이 오는지 여름이 오는지

신호현

경기도 이천 출생
한국문인협회, 송파문인협회 회원
한국대경문학, 종로문협 이사
강남문학상, 성천문학상 수상
(현)배화여자중학교 교사
시집 『우리는 바다였노라』 외 4권
블로그: 21세기 원시인의 자유 세상

나무의 꿈

내가 사는 건
나 혼자만이 아닌 걸

뿌리 내려 가지 치고
무성한 잎 틔워서
예쁜 꽃 활짝 피우면
그뿐이 아닌 걸

내가 받은 햇빛과
내가 받은 빗방울과
나를 스친 바람으로
풍성한 열매 맺는 일

어둠 속 명상하며
동그랗게 꾸는 꿈
많이 베풀어라
대가 없이 나누어라

내가 사는 건
나 혼자만이 아닌 걸

서울에 솟는 등대
– 잠실 제2롯데월드

아주 어렸을 때 꿈을 꾸었지
학교에서 배 고파서 배가 고파서
배부르도록 물 마시고 운동장에 나와
아주 부자 되는 꿈을 꾸었지

먹고 싶은 것 마음대로 먹고 마시고
하늘 높이 올라 저 먼 세상 내다보는 꿈
더 이상 전쟁도 가난도 없는 땅에서
대한민국 부강하게 잘 사는 꿈

아니 어쩌면 먹지 않고도 힘을 내는
마징가 제트나 로보트 태권브이처럼
지구 상의 붉은 무리 악당 물리치고
남북통일 실현하는 꿈을 꾸었지

처음에는 피 흘리며 져주다가도
끝에서는 박치기 몇 방에 이기고 마는
역전의 레슬링 영웅 김일 아저씨처럼
우리는 기필코 해내고야 말리라 믿었지

우주 외계로봇으로부터 지구 지키는
마징가 제트가 한강에 있을 거라 믿었고
북한 공산당의 위협으로부터 지켜주는
로보트 태권브이 남산에 있을 거라 믿었지

경제발전 계획 40년이 지나보니
어느덧 뱃살 걱정에 석촌호수 돌았지
잔잔한 물결 속에 주름이 서서히 늘고
빙글빙글 돌며 어릴 때 꿈 돌아보았지

검푸른 석촌호수 부글부글 끓는 꿈이
거대한 철강 일으켜 123층 빌딩 세우나니
오호라! 네가 바로 로보트 태권브이였구나
네가 지구 지키는 마징가 제트였구나

세계 경제대국 5위로 향한
작은 나라 위대한 대한민국의 꿈
통일조국 번영의 제2막 여는 너는
서울에 솟는 등대 제2롯데월드였구나

나는 너에게

나는 너에게
사랑을 말하노라

너는 세상에 대한 두려움으로
행여 널 해칠까 의심하지만
난 선생님으로 너에게
사랑을 말하노라

너는 굴종이라 말하지만
지난날 내 선생님들 앞에
한없이 무릎을 꿇고 싶었으니
나는 마음속 깊은 감사라 말하고 싶다

너는 자유라 말하지만
울타리 없는 자유로 묻히는
헛손질의 숱한 목숨을 보았으니
나는 갑 속에 든 자유라 말하고 싶다

너는 복종이라 말하지만
나는 나보다 앞선 이에 대한
가르침을 배우고자 하는 경의로움이니
나는 존경하며 따르는 순종이라 말하고 싶다

무쇠는 용광로의 담금질로

대장장이의 두드려짐으로 칼이 되고
칼은 정의로 울어야 명검이 되나니
나는 너를 명검으로 만들고자 하노라

나는 선생님으로
네게 거짓 증거를 협박하지 않으리라
네게 독이 든 사과를 물라 하지 않으리라
네게 무릎 꿇는 존경을 강요하지 않으리라

나는 선생님으로
너의 방심을 방관하지 않으리라
너의 방종을 방관하지 않으리라
너의 방황을 방관하지 않으리라
방심이나 방종이나 방황은
그릇된 교만에서 빚어지느니라

나는 선생님으로
당당한 삶을 가르치리라
참다운 자유를 가르치리라
최선의 노력을 가르치리라

도전을 통한 성취와
인내를 통한 승리와
배려를 통한 감사를 가르치리라

함께 하는 시간도 순간이니
유리처럼 부서지는 아픔도 지나면
가슴에 남아 보석처럼 빛나리니
빛나는 것은 모두 아름다움이 되리라

김창환

아호: 가람
(사)창작문학예술인협의회 정회원
대한문학세계 시 부문 신인문학상 수상

당신의 흔적

내게 다가온 당신의 환한 미소
사랑의 향기
환희의 기쁨
아직도 나의 곳곳을 휘어잡고 있는데

앨범 한켠에
한 장의 추억으로 자리를 잡나
갈구해도
바람 소리마저 미동하지 않는
그날이 되어가고 있으니

봄을 붙잡고
뜨겁게 달궈보면
그 환희의 향기가 없어도
아린 가슴을 녹여줄
당신 닮은 향기를 안을 수 있을까

그렇게 떠날 거면서
왜 나를 그리도 흔들었는지
어제의 일이 되어버린 대사건
잠시 머물다간 사랑

그대는 어디에

한낮 깊숙이 밀고 들어온 햇살이
문지방을 넘는 찬 기운을
이기지 못하여
바람 막아 빗살문을 닫았던 날에

종종
인기척에
빗살문을 열곤 했지
휑한 바람에 힘들게 흔들리는 억새뿐
환청이었나 바람이었나 그대 인기척 분명한데

문지방을 넘던 햇살이 짧아지고
찬바람도 쇠하여
꽃향기 포근한 열기
문지방을 넘나들어

빗살문 열어놓고
춤추며 다가오는 아지랑이
달려가 안아보나
그리움을 떨궈낼 감흥이 전무하다
환영인가 봄바람인가 그대 형상 분명한데

가슴이 얼음입니다

가슴이
얼음입니다

심장 소리
귀를 대보아도
멀기만 합니다

그렇게 돌린 발걸음
가벼우신가요
그렇게 돌린 마음
편안하신가요

끝없이 이어갈 듯
화려한 사랑의 셈법만 했지요
그러다
그러다

당신의 기운
멀리
사라져버리자

가슴이
굳어 얼어버렸습니다

 임춘리

한국육필 문인협회, 문예춘추 이사
문학의 광장 회원
한국문인협회 아동문학 회원
문학과 육필 11회 신인문학상 수상(2005)
만다라문학 여름호 수필 신인상 수상(2010)

사월에 핀 설화

미련 떨치지 못하고
허공 속 머물다
산천 붉게 물들 때
송이송이 내려
시린 가슴으로
봄을 안았다
그대
차가운 가슴에 안긴
봄빛
새움도 피우기 전 사색되어
움츠린 가지 위에
새하얀 서리꽃이
물색없게 피었구나

봄비 내리던 날

겨우내 묵은 때 벗기듯
내리는 봄비
샤워를 끝낸 산은
새 옷 입은 푸름이 청결하다
땅속 비집고 올라온
이름 모를 들풀
앙증맞게 핀 꽃잎에도
봄은
촉촉이 스며든다

봄 그리움

차가운 가슴에 먼저 안긴
노란 그리움
환희에 찬 부푼 가슴에
분홍빛 그리움이 안긴다
바람은 꽃비를 날려
집집마다 봄소식 전하고
하얀 손 모으듯이
접었던 봉우리 펼치며
다가오는 고운 걸음을
목련이 웃으며 반긴다
기다림은 제일 먼저
노랗게 다가와
붉게 물들여 놓고
초록 융단 펼치며
산, 들에 수를 놓는다

채련

한맥문학 등단(2002)
한국문인협회 회원
김포문인협회 회원
한국기독교작가협회 회원
한맥작가회 동인
파라문예 발행인, 시인의 파라다이스 카페지기
콩채 대표
시집 『사랑은 외로움을 수반한다』, 『소유하지 않는 사랑』,
　　『저들도 그리우면 운다』, 『나에게서 당신을 빼고 나면』,
　　『내 생의 끝은 당신』, 『당신의 숲』
에세이 『세 가지 빛깔의 女子』
공저 『파라문예』 1호~10호, 『한맥 사화집』,
　　『시와 창작 작가회 동인집』 등 다수

우리 삶에 봄날은 온다

몸 추우니 마음까지 시려
좀처럼 실마리가 풀리지 않는
구불텅거리는 우리 삶에
꽃피는 봄날은 올까

문풍지를 뚫는 한숨
삐그덕 덜거덕
꽁꽁 얼어붙은 우리 삶에
사르르 봄날은 올까

새날을 키우는 포부로
사윈 눈발 헤쳐나가는 끈기로
기나긴 엄동설한 은신하면
암흑의 미로 걷히고

언 땅 녹여 햇살 드는 들녘에
파릇파릇 움트는 새싹처럼
화무의 눈부신 감동으로
우리 삶에 봄날은 온다

사랑할 때는 모릅니다

보고프면 한달음에 달려가
붉은 정열 태울 수 있지만
사랑 떠난 후
맺힌 멍울 눈물이 될 줄은 모릅니다

애지중지 보석처럼 닦아놓은 사모의 정
황홀한 꿈이지만
사랑 떠난 후
직인 찍힌 멍에가 될 줄은 모릅니다

그리움 가득 차면
서산의 노을처럼 물들지만
사랑 떠난 후
회색빛 기우일 줄은 모릅니다

잊으면 그만이지 체념했다가도
구석구석 남아있는 그림자
별이 되어 내릴 줄은
사랑할 때는 모릅니다

사랑이 없으면 미움도 없습니다

고운 짓을 해도 미움일 때가 있습니다
바라는 것 향기이지 꽃이 아닌데
향기 없는 꽃으로 보일 때

믿음을 심었는데 의심이 싹터
순결한 목련을 정열의 장미로 오인하며
빗나간 상상이 앞서갈 때

미운 짓을 해도 고울 때가 있습니다
능청스런 거짓말을 해도
바탕에 진실이 깔려 있을 때

심술을 보여도 너스레로 덮으며
매운바람 이겨낸 풀잎처럼
사심 버린 무아일 때

미움이 있다는 것은
서로 상응하지 못한 불만에서 비롯된
절망의 난간

관심이 없으면 미움도 없으니
미움은 기대를 저버리지 않음이며
사랑이 없으면 미움도 없습니다

파라문예시편

심현재

아호: 남강(南降)
전주 소년원 교육위원
휴비스 근무

내 작은 쉼터

낙엽 지는 가을 안에
붉게 물든 사랑 하나
그 사랑은 내 마음에
자리매김을 하고

조용히 내려앉은
이슬방울 소리에도
그 사랑은 흘러들어
내 마음에 소용돌이질 하네

웃음으로 꽃을 피우고
눈물로 씻기워진 사랑
말 한마디에도 얼굴을 붉히고
노래를 하던 그 사람

내 작은 쉼터에
오늘도 또 내일도
포근한 행복 담아서
그 사랑과 함께하고 싶어라

어떤 모임

맑은 하늘 바라보며
갈 곳 없는 내 마음은
바람결에 미끄러져
허공 속에 머물러라

이내 마음 비워내어
나누고픈 사랑이건만
불나방의 날갯짓에
욕망만이 넘쳐나네

벗이라면 꾸밈없고
사랑이라면 믿음이건만
거짓과 위선 속에
내 마음 비워내네

지혜롭게 깨달으며
미련함도 떨쳐내고
작은 그릇에 내 마음 담아
오늘도 맴을 도네

우리 아이들

시급에 목매어 하루를 살고
비정규직으로 한 달을 사는
우리의 아이들의 희망은
누가 대신해줘야 하는가

갈 수 있는 길이 있는 것은
목표가 보여서 좋고
올라갈 수 있는 산이 있는 것은
희망을 심을 수 있어 좋다 한데

사건 사고 끊이지 않은 세상
가보지도 올라가지도 못하고
꽃다운 나이에 생을 불사르니
흐르는 눈물 주체할 수가 없네

옳고 그름을 가르치고
완주할 수 있도록 해야 하는데
부패와 부조리가 얼룩진 세상
지우개로 지워버리고 싶다

이채균

영남대학교 행정대학원 지역개발학과 졸업
(행정학 석사)
영남대학교 행정대학원 지역개발학과 동문회장
역임
영남대학교 행정대학원 동문회 이사
대구광역시 남북교류협력위원회 위원
대구사랑운동시민회의 실무위원
대구광역시 새마을회 사무처장

친구에게

희미하게 몇 번인가
벽시계 종소리가 들린다
땡! 땡! 땡!

그리곤
밤의 정적을 깨뜨리고
어디론가 사라져 간다

얼마 후
고요한 어둠의 오선 위에
'우정'이란 음표로 그려진
한 가닥 교향악이 울려 퍼진다

웅장과 고요가 합쳐진 걸 보면
어느 영화엔가 삽입되어
우리에게 친숙한
베르디의 '나부코' 중
〈노예들의 합창〉을 연상케 한다

다시 고요를 되찾을 때면
지루한 어둠 속에서
숨바꼭질을 하듯
내 다정한 벗을 찾아
대화의 나래를 펴본다

갈등과 용기

아스라이 먼 하늘에
조그마한 별 하나가 빛을 발한다
침묵의 시간이 지났을 때
저 멀리 하얀 그림자를 데리고 떠나는
나그네가 손짓하고 있다

가야 한다
가지 마라
가고 싶다
마음의 갈등을 억누를 수 없다

무엇이 참이며
부엇이 거짓인가?
아니
무엇을 행하며
무엇을 버려야 하나?
고독한 나 자신에겐 무한한 갈등의 연속이다

이럴 때면
소나기라도 한줄기 내렸으면
천둥이라도 요란하게 울렸으면
세찬 폭풍이라도 몰려온다면
답답한 내 가슴은 후련할 텐데
목마른 사슴이 물을 마시듯……

그러나 언젠가는
차디찬 이슬이 내리고
목마른 대지를 축여주는 장마가 시작되겠지

그때면
난 빗물이 육체를 포옹할 때까지
하염없이 걸으며
불행의 연속이었던 과거
차곡차곡 쌓인 감정, 고뇌, 후회를
말끔히 씻어 내려야지

오직
순간적인 감정에 살지 않고
큰 흐름에 나를 찾기 위해……

소망

한 가닥 빛과 함께
요란한 뇌성이 울리고
먼 산울림과 함께
아스라이 사라질 때면
여기
빈 담뱃갑 청춘이 몸부림친다

삶
보람
죽음
허무
무엇을……

어두운 밤이 좋고
반짝이는 별이 좋고
차디찬 아침이슬이 좋으며
모든 것을 외면하고
산골짝 시냇물에 실려 가는
볼그레한 단풍잎이 좋다

풋과일이 익고
흰 눈이 펑펑 쏟아질 때면
마음 깊이 스며드는 달콤한 교향악과
소리 없이 날고 있는 비둘기를 좋아하고

초저녁 도시 불빛과
활활 타오르는 모닥불을 좋아하고 싶다

박정남

아호: 경탁(慶濯)
파라문예 동인

가을의 소녀

새벽 열차를 탄 나그네가
저녁 종착역에 내릴 때
자작한 서정의 노래가
황혼에 취하고 있었다

시방은
그 어느 날 유행된
노오란 저고리를 입은
가을의 소녀가
솔바람 소리에 놀라
들길을 거닐면
나는 헤설픈 웃음으로
심혈의 자유를 잃고
어느 계곡으로
발길의 각도는
가을의 소녀 곁에서
최후의 지상 축제를 올린다

흐르는 고촌의 향수는
밀도가 짙은 휴식 속에서
농부의 얼굴 위를 스쳐
칠흑 같은
침묵의 만찬회가 열리고
하늘처럼 고요한 호수에

신비의 분수는
가을의 소녀를 껴안는다

소녀는 수줍음을 가누지 못해
시심을 돌리곤
무서리가 내린
전원의 풍경을
나열된 고요 속에
원색의 화필 소리만
살포시 헤엄쳐
이젠
미완성된 작품을 그냥 버리고
다시 늪길을 거닐면
어느덧 세기의 나팔은
머언
언어의 곡선 위에
소녀의 발길을 잠재우고
그리움에 돌돌 감긴 나는
가을의 소녀를
무한히 불러본다

현실은 어린 벙어리처럼
표현력을 잃고
세기의 신호등 아래서

가을의 강은
대화 속에 흐른다

혼자만의 독백

아무도 말없이 호올로
산사의 밤을 찾아
풍경소리 들으며
주마등처럼 지나간 세월이
술 취한 독백에 눈을 감아본다

사주팔자가 심연의 계곡 따라
전생의 빚을 갚기에는
나약한 자아임을 깨닫고
가야산 해인사 원당암
혜암선사 법어를 옷자락에 주워 담아
눈을 감아도 잠은 오지 않고
언제나 혼자일 뿐
망상의 군상만이
삼나무처럼 둘러서 있네

오가도 끝없는
가시밭길을 가노라면
언제쯤
이름 모를 한 송이 꽃을
피우게 하기에는
벌렁거림의 가슴이 머물 때까지
말없이 철로 같은 여정을 마감하려
혼자만의 시간을 가져 봐도

도무지 안개 낀 가야산만
내 허리를 껴안아 앞이 보이지 않네

상실의 고전

파멸된 하루의 시간 속에
단면된 밤이
착잡한 욕망을 끌고
하나의 형상을 이루면
인어는
꽃 없는 전원에
죽음을 여러모로 시도하고
해협으로 항해하는 선박은
고향 위에 잠재운 등불을 내건다

언어 없이
철따라 멋있는
풍성화를 그린 갈매기떼가
시공에 매달린
찬란한 해수에
검은 가운을 입히면
공포의 전쟁이
담장이처럼 등에 업히고
잃어버린 서정의 행방은
떨어진 절벽 아래
숨 가쁜 호흡을 삼킨다

지금은
어느 거리 안에 세운

채색된 산모롱이를 돌면
갈증 만난 산새들이
밤이슬에 향연의 노래를 암송하며
하룻밤을 전송하고
자리에 눕지 못한 채
찬연히 소실된 낱알 속에
눈 맞은 햇살의 윙크에 유인되어
나래를 펴고
파아란 하늘을 날으면
어느 때 나의 짐엔
황혼이 고전을 심으며
연속된 사념이
점점
불연속의 동공을 이끌고 죽어간다

황 영민

충북 제천 출생
파라문예 동인

잠

세상 모든 괴로움 잊고
온갖 세상 오고 간다
천진하고 순박한 모습으로
사랑스럽고 어여쁜 사람 쳐다보고
찬란한 꿈속의 영혼을
잠재울 수 있는 세상
삶의 외로운 잠일 것이다……

수초

살랑 살랑
물결 속의 찬란한
숲 속을 조용히 거니는
연인들……
수많은 나날을 아무 말 없이
수중의 궁전을 만들며
생명의 안식처를 이루는 수초……
숲은 조용히 수중에 몸을 담고
황홀한 잠을 이룬다

가을에 만나고 싶은 인연

싸늘한 바람이
한들한들 불어오면 왠지
그리워진다
홀로 쓸쓸히 거닐다 보면
마음 한구석이 싸늘해지고
걷다 보면 그리워진다
내 마음에 온기를 전해줄 그를
마음속으로 그리워한다
내 마음속에 둥지에
나란히 같이 하길 기다리며
그리워한다

 김영식

전남 나주 출생
파라문예 동인

설익은 봄

아장 아장
세 살배기 손잡고
봄맞이 가는 길이
왜 이다지도 찬바람이 거센가
들녘 논두렁 언덕배기
버들강아지는
첫 선 보는 처녀의 마음처럼
수줍어서 머리끝만
빼꼼히 내밀고서
노오란 개나리꽃처럼
부끄럽게 고개만 떨구고
저기 저 동네 앞동산엔
산수유가 자태를 뽐내고
낮은 산자락 비탈길엔
진달래가 봄을 노래하던데
여기 지나는 봄 길은
무엇이 그리도 서글픈지
꽃샘추위를 데려와
아직도 펑펑
흰 눈으로 봄을 시기하는구나

하얀 비상

나는 오늘도 꿈을 꾼다
하염없이 정처없이 발길이라
정답게 접은 하얀 날개로
아름답게 기대여 지샌 하루기에
그 누구도 모르게
하얗게 숨겨 놓은 꿈을 펼친다
끝이 없는 창공에
뿌려진 꿈틀거림
한순간에도 아까워
놓치고 싶지 않은
아름다운 꿈이라
꿈이
삶이 아닌 생명의 날갯짓으로
어느 곳에 잠시 쉬었다 갈까
나무 끝자락의 잎새가
끈질긴 잡초처럼
오늘도 저 높이서
펄렁이며 손짓한다
그래서
서투른 삶의 고뇌가 될지라도
한순간에도 버리지 않았고
차갑고 각박한
빌딩 옥상 끝자락도
저 창공을 날 수 있게끔

쉬어갈 수 있는 정거장이었다
포근히 감싸주지 않은
인정 없는 세상 속에서도
끝없이 날 수 있는
한 올의 티일망정
오로지 저 창공 속에
아픈 것쯤은 짓누르고
힘차게 하얀 꿈을 펼쳐
움츠린 나의 날개를 펼치련다

용마름

찬 서리가 내리면
쓸쓸히 사라져간
그 이름은 용마름
일 년 삼백육십오 일
당신만을 위해
눈비를 맞으며
불평불만 한 점 없이
폭풍우를 막으며
당신을 지켰다오
그러나 세월만은
막을 수가 없구려
내 인생이 짧아
일 년을 살다가도
이 목숨 다 바쳐
당신을 위한다면
괴로움 맘 머금고
찬 서리를 가슴에 안고
금은빛을 장식할
당신을 위해서
내 모습을 태우며
불속으로 가오리라
아—아
그대는 이름처럼 찬란한
금은빛을 장식한 용마름이구려

최영복

경기 수원 출생
KBS 한국방송 근무

출근길 눈(雪)

출근길 차창에 달려와 부딪히며
이내
눈물처럼 녹아내리는 눈을 본다
지금 이 눈이 녹아버리지 않고
1미터쯤 쌓인다면
그래서
세상 모든 도로가 열흘쯤 차가 다닐 수 없다면
천재지변을 이유로 쉴 수 있지 않을까?
흩날리는 눈 속으로 무책임하고 우매한 생각이
블랙홀을 만든다
진작
눈처럼 희어진 머리만큼 철들었어야 함에도……!

시작

하늘에서
땅에서
별과
바람과
들판에 풀잎에서도
지난 것에 대한 회한을 느낀다

삶에서
생활에서
사람들과
넘침과 부족함에
어우러지며 지난 것에서
용서와 이해를 느낀다

한 해의 지나감이 그러했다 하고
한 해의 시작이 그리하라 한다

삼백예순날이 또다시 지나고
돌아오는 시작에는 또 그러라 한다

어머니의 사계절

18세 꽃다운 철없음으로 시작된 신혼
진달래 멍울지고 뻐꾸기 울기엔 이른 봄날
겨울 잔설 찬바람에 홑 무명치마 헐벗음에도
아랫목 따스함은 자신 몫이 아니라는 소박함으로 여기며
논두렁 냉이랑 밭고랑 쑥으로 빚어낸 인고(忍苦)로
자식과 남편의 허기를 풍성함으로 달래주던
봄날 어머니!

당신을 닮은 장맛비 뒤에 피어난 백합
영화 속 주인공처럼 한가롭게
꽃의 향기와 아름다움을 감상하는 것은
그저 사치라 치부하고
감자밭 가꾸지 않아도 질긴
잡초의 생명을 부여잡은 부지런
내리쬐는 한여름에 뜨거움을 이고
낡아 얼기설기 해진 수건 사이로
자식은 가난하지 않아야 한다는 간절함은
땀 대신 흐르는 눈물 닦아내신
여름날 어머니!

풍성함으로 일렁이는 바람에 산천은 물들고
옆집 개똥 어미처럼 잠시 쉬어도 되련만
어둠 가시지 않은 감나무 아래에서
주전부리 떼씀에 챙겨야 하는 간식 걱정에

조급함으로 시작하는 새벽
한 톨이라도 쪼아 먹히면 안 되는 들판의 분주함
당신의 속 시끄러움은 죽을힘을 다해 살지만
끝도 기약도 없는 가난의 현실을
모든 것이 박복한 당신의 탓이라 애써 달래며
훠-이 훠-이 절규로 저무는 해 야속함을 쫓는
가을날 어머니!

배움의 문턱엔 가본 적 없지만
밤새 세상을 일러주시고
아침이면 언 새벽길 떠날 자식 걱정에
덜 마른 운동화 품에 안고 뒤척여 잠 못 이루고
곤한 잠 깰까 살며시 아궁이 불 운동화 덥혀주시고
춥고 미끄러워 나오지 말라는 손사래를 뿌리치며
넉넉지 않은 꼬깃한 사랑 안주머니 깊이 넣어주시며
모퉁이에서라도 한 번 돌아봐 주겠지 아쉬운 마음을
발길 재촉하는 자식 뒷모습에서 언 발 동동이던
겨울날 어머니!

쉼 없는 세월의 덧없음으로
더 이상 희어질 머릿결도 남지 않고
더 이상 지어질 주름 자리도 없는
허리 굽어 작아진 어깨너머로
야속한 세월은 더욱 바삐 오고 가는데

먹고사는 것이 힘들고 바쁘다는 핑계로
고작 한두 번 명절에나 찾아주는 자식 걱정에
어머니의 사계절은
속절없이 오고 또 가는데……!

김상도

경북 청도 출생
파라문예 동인

사리암의 노래

쌀이나온 사리굴을
뚝닥뚝닥 넓혔더니
낭패났네 낭패났네
물이나와 낭패났네

사리사리 사린것이
마음속의 욕심이니
물리쳐라 물리쳐라
물이나와 가르치네

무리마라 무리마라
탐욕너무 무리마라
물이물이 노래하네
물방울이 노래하네

고사리의 꿈

근근이 땅속에서 지옥을 경험하며
지하근 마디마다 승천을 갈망하다

두주먹 불끈쥐고 동토를 격파하고
춘풍을 우군삼아 지상에 당도하여

두손을 활짝펴고 창공을 포옹하니
천당이 여기일세 푸른꿈 이루었네

승학마루 찬미

무념무상 설법하는 무학사 독경소리
제세안민 천제지낸 제석골 길을따라
편백나무 도열하여 길손을 맞이하고
살랑살랑 바람따라 천리향 마중오네

억새평원 능선위의 누각에 당도하니
제석골의 운무들은 춤추듯 넘실대고
산이름이 승학이라 학타고 승천하듯
사뿐사뿐 올라오니 이곳은 천국이네

고대광실 팔각정의 편액을 올려보니
그이름이 승학마루 천상의 정자로다
만화방창 형형색색 꽃들을 마주하며
세상만사 잊었으니 오늘은 신선이네

이완래

아호: 석산(石山)
충북 충주 출생
경희대 정치외교학과 졸업
공직 10여 년, 의약품오퍼상 35여 년 경영

행복의 열매 매만지며

금쪽같은 두 꽃송이
가슴에선 바다가 되어

언제나처럼
생기롭게 출렁인다

앉으나 서나
눈앞에 아롱거리는 두 꽃송이가

여름날
푸른 잔디밭 위에 드리워진
포플러 그늘 아래
오롯한 행복감을 편안히 눕힌나

보고 또 봐도
다시 보고픈 마음 어쩌지 못해
전화 다이얼을 가볍게 두들겨 본다

고사리 손으로 쓴
'할아버지 하늘만큼 땅만큼 사랑해요'
라고

문자 메시지 날아들면
고고한 사랑의 노크소리 만큼이나

한 아름 가득 설레는 사랑을 품어본다

짤막하지만
가슴 터질 만큼 사랑의 정 듬뿍 담긴
꽃송이 가슴 고인 해맑은 정이라서
더더욱 살가워라

꽃 중에 꽃이고
보석 중에 보석인 꽃송이들이
날마다 날아다 주는 행복의 꽃씨
가슴 빼곡히 심겨지니
앵두알보다 더 붉고 해맑은
행복의 열매 주렁주렁 영글어가네

눈 내리는 봄날에

사랑처럼
그리움처럼
가슴 가슴마다 애잔한 손길로
한겨울
포근히 가슴 감싸주던 함박눈

때로는 사랑을 불러다 주고
때로는 낭만을 불러다 주면서
메말라가는 가슴까지 애틋하게 적셔주던
햇살보다 포근했던 함박눈

세월에 떠밀려
겨울 가고 봄이 오니
속절없이 우리 곁을 떠나가는 함박눈
애처로이 가슴 뒹군다

눈꽃송이 흩날릴 때마다
하얗게 눈 덮인 벌판을
달리고 싶었던 마음들까지

어딘가로 함께 떠나보내야만 하기에
허전한 마음들이 아쉽도록 물결치는 건

바람처럼

구름처럼 머물 수만 없는 게 세월이고
인생인 것을 어쩌지 못하는 때문이리라

펑펑 쏟아지며 가슴 가슴마다
청춘을 심어주고
낭만을 심어주고
그리움을 심어주고
사랑이 흠뻑 담겼던 함박눈 꽃송이가

애틋한 그리움으로
서산마루에 걸친 노을빛처럼
눈물 같은 눈송이가 하염없이 흩날린다

설중매

눈 덮인 가지
사이사이를 비집고

살얼음 같은 햇살
알뜰살뜰 주워 모아

살포시 고개 내민 섬섬한 얼굴엔
외유내강의 기상이 넘쳐나고
품고 있는 짙은 향 뿌리지 않아도
아리땁고 살가운 네 모습에

주춤거리던 봄바람까지
서눌러 우르르 몰려오니

죽은 듯 숨죽였던 나무들 가지마다
꽃샘바람 아랑곳없이
설렘 같은 생기로움 살포시 미소 짓네

오신자

아호: 슬비
공무원 연금지, 빛고을 시전시회, 빛고을 시 암송 자료집 참여
빛고을 노인건강타운 백일장 입선

그리움

봄이 오면
그리움을
보내고 싶다

꽃잎이
떨어지기 전에

내 맑은
영혼과 함께……

참회

입안에 장난친 혀
원망하지만
이미 늦었다고
고개 저어 버리네

발 빠른 입술에게
절절히 애원해도
듣는 둥 마는 둥
함부로 놀다 벌 받네

뼈저린 후회
시린 가슴 움켜쥐고
참 나를 찾아가라
내가 나를 충고하네

친구여

이래도 한세상
저래도 한세상
무슨 욕심 부리는가!
비우면 가벼울 것을
버리지 못한 삼독(三毒)*
'나이가 많을수록
버릴 것도 많다' 하네

빈손으로 가는 길
알면서 움켜쥐고
놓을 수가 없으니
어찌할거나

보라!
얼마나 풍요한가
물질적 부보다
마음부자 되어서
가진 것에 만족하세

나누며 살아가세
후회 없이 살아보세
머리로 계산 말고
마음 편히 살아보세

미리서 준비하세
우리 나이 몇인가
소유의 재산보다
덕에 재산 쌓아올려
'비움'에 꽃피워보세

삼독(三毒): 탐욕, 성냄, 어리석음

김귀섭

피리문예 동인

형제

육이오 전쟁 때 첫돌을 피난처에서 보낸
우리는 형제입니다
그리고 집에 와서 아버지는 돌아가셨습니다
기억에도 없는 아버지는
전쟁 때 무척 힘드셨나 봅니다

어머니와 남겨진 형제는
위로 누나가 둘이 있습니다

살아오면서 세상에서 안 해본 일이 없습니다
겨울에는 찐 고구마 옥수수
여름에는 아이스케키
비 올 때는 우산도 팔았습니다

조금 더 커서는 누나를 따라 대도시에서
껌팔이도 했습니다
그리고 양담배를 팔면 잡혀 가니까
껌 밑에 감추어서 팔았습니다

이것들을 하면서 동생은 항상 데리고 다녀야 했습니다
그래서 우리는 형제입니다
물론 두 살 아래인 동생을
학교에도 데리고 다녀야 했습니다
그래서 우리는 정말로 형제인 모양입니다

그 후로는 구두닦이……
사람들이 양아치라 하던데요

있으면 먹고 없으면 당연히 못 먹었습니다
때가 되면 먹는 것이 아니라 먹을 때가 때가 됩니다

그렇게 자라 형제는 어른이 되었습니다
학교는 정말 어렵게 형제는 고등학교까지 했습니다

엄마는 동생을 무척 좋아했습니다
왜냐하면 자꾸만 바르지 못한 길로 가니까요
그런 엄마를 나는 무척 못마땅하게 생각하고
한 번도 엄마 시키는 대로 안 한 것 같습니다

그리고 엄마는 아무 말씀도 없이 돌아가셨습니다
"야— 야, 니 동생이 걱정된데이"
어머니의 마지막 한마디였습니다

그 어머니의 걱정을 아직도 안고 살아가는
우리는 정말 못난 형제입니다

형제 그후

살고 싶어 살고 죽고 싶어 죽는 게 아니라
그냥 주어진 삶에서 형제가 선택할 수 있는 게 없었다

법정스님의 누더기 옷이
큰 법당 스님의 황금빛 비단옷보다 훨씬 가벼운데
아무것도 없는 것을 무슨 빚덩이처럼 어깨에 짊어지고 살
았다

그렇게 어른이 되어
모든 것이 늘 부족한 것만 속상해하면서
동생은 그것을 이기지 못하고 늘 경찰서를 들락거리고
엄마는 항상 눈물이 마를 날이 없었다

그리고 형은 P사에 들어가고 동생은 입대를 하고
조용한 시간도 잠시 군에서 연락이 왔다
사회에서 사고 친 것에 대한 재판을 한다고

또 엄마와 형은 모든 것을 책임져야 했다

삶은 우리에게 주어졌고
자기의 삶은 자기가 책임진다는 것을 동생은
한 번도 생각하지 않고 사는 것일까

수없이 많았던 일들을 모두 기억하기에는

나의 생각이 미치지 못하고 이젠
내려놓으려 합니다

삼십구 년 사 개월의 직장생활과 함께 내려놓으려 합니다
이천십사 년 성탄절을 맞으면서 내려놓고 싶습니다

지금껏 형제에게 주어진 삶이 모든 것이 부족한 삶이었어도
큰 병에 걸려 고생하지 않고 건강하게 살았다는 것만으로도
감사하는 마음으로……

일 년에 한 번밖에 만나지 못했던 동생을 만나
수십 년 동안 짊어지고 살아온 짐을 내려놓으며

연말에 저녁밥이라도 한 끼 하려 합니다

부족했던 모든 것이 지금껏 나를 버티게 해주었던 것이라면
그 아픔 또한 감수할 수 있습니다

동생이 걱정된다며 돌아가신 엄마의 걱정도 이젠
동생과 만나 배부르게 저녁 한 끼 하면서

같이 내려놓고 싶습니다

나는 효자였습니까?
-2014년, 어머니 돌아가신 날 밤

어림잡아
이삼 년 전이던가
아들이 손가락을 다쳐

밤낮을 새워가며
손가락을 주무르고 만져서
기어코 접합 수술을
성공한 일이 있었지……

며칠 전 내가 손가락을 다쳐
병원에 입원한 일이 생겼다

내 자식이 다쳤을 때 내가
얼마나 간절히
기도했는지 모릅니다
가늘디가는 마지막 손가락 한 마디를 붙여달라고-

이 세상에
그보다도 얼마나 많은 사람들이
더 큰 병으로 앓고 있는데도 말입니다

그리고 막상 내가 다치고 나서는
내 자식이 걱정을 할까 봐
연락을 하지 못했습니다

부모들의 마음이
무엇입니까?

집 나가는 자식이 돌아올 때까지
마음을 놓지 못하는 것이

자동차 소리만 나도 혹시나 하는 것이

티브이에서 사고 소식만 나도 눈을 크게 뜨고 유심히 보는
것이
부모입니까?

얼마 전에는 자식이 자동차를 샀습니다
그런데
왜? 기분이 좋지 않습니까?

내가 부모라서 그런가 봅니다

어제 저녁에
어머니 제사를 지냈습니다

나는 엄마 마음을 얼마나 헤아리고 살았는지
지금 나이가 육십이 넘으니
이제사 생각이
납니까……?

차정화

부산 출생
파라문예 동인

바람이 되어

차마
당신 곁에
머물 수 없었기에
떠나야만 했습니다

눈에
보이는 건
허상이란 걸
당신도 잘 아시지요

흔들리는
나뭇잎 하나
언젠간 사라져도
본질마저 떠난 건 아니지요

산 날보다
살아야 할 시간이
작아지는 생 앞에서
비우는 삶이고 싶었습니다

스쳐가는
바람 속에도
작은 영혼 하나
깃들어 숨 쉬고 있습니다

속삭이듯
감미로운 바람결이
당신 품에 안겨드는 건
당신께 보내는 안부랍니다

먼 훗날
그대 그리우면
마지막 사랑 당신 곁에
바람이 되어 스쳐 가겠습니다

나 그대를 만나

허기진
빈 가슴 채우려
늘 서성거렸던 나날들

맘 깊은 곳
밀려오는 삶의 파편이
통증으로 파고들 즈음

운명처럼
내 곁에 다가와
바람처럼 사라진 그대

아침 햇살이
나만을 비추는 듯한
행복에 젖어든 아름다운 시절

살아가는
존재를 깨우치고
나를 알게 해준 시간들

그대를 만나
인생의 의미를 알았고
이 세상은 온통 꽃밭이었지

아름다움은
영원하지 않더이다
용광로처럼 가슴에 불 지피고

그리움이란
이름 하나 남긴 채
머나먼 곳으로 떠난 그대

남겨진 자의
그 슬픔을 어이 알련가
흩날리는 꽃잎에 실어 전하리

타다 남은
작은 불씨마저
재가 되는 그날까지
잊지 못하노라고 사랑하노라고

아직도 내 안엔

아직도 내 안엔
아침 이슬처럼
물들지 않은 순수한
영혼을 지니고 있어
다행입니다

아직도 내 안엔
힘겨운 시련으로
쓰라린 아픔이 날 울려도
일어설 용기가 있어
다행입니다

아직도 내 안엔
가슴에 남은 불씨 하나
태울 수 있는 소중한
당신이 품 안에 있어
다행입니다

아직도 내 안엔
말없이 건네는
떨리는 숨결만으로도
당신을 느낄 수 있어
다행입니다

아직도 내 안엔
외로움에 허기진
당신을 안을 수 있는
뜨거운 가슴이 살아있어
다행입니다

아직도 내 안엔
당신으로 인해
내 삶이 더욱 아름답기에
살아야 할 기쁨이 있어
다행입니다

당신이 날 찾으면
한 떨기 꽃잎 되어
바람에 실려 가
당신 품에 안기겠습니다
당신으로 행복한 나

그대를 사랑합니다

최 재호

파라문예 동인
자영업자
대한민국 전천후 해상산악 구조요원,
양주시 재난구조대원

인생이라는

아우러지는
너 인생아

어느 때까지
휘돌아치며 유희하느냐

왜 나만이라는
고독 속으로 밀쳐 넣어
그 밀폐된 공간에서
숨죽이게 하느뇨

인생이라는
너 미로야

알면서도
더듬으며 비척이며
꼭 가야만 하는 생로에

널뜨러진 가는 생줄을 부여잡고
위태하게도 등로(登路)하는
너 인생아

미련

어렴풋이 흐르는
그 옛 기억이

가슴에 내리앉아
억누르는 것은

아직 그때의 미련이
남아서이리라

서로의 감정이
상반된다 하더라도

그 상반된 감정 속에
잊지 못할 기억이 있었음이니

결코 잊지 못할
그 무언의 *끈끈한* 연이
흘렀음이리라

감정은 마음을 메마르게 한
아픔만 주느니

차라리 억지로라도
융화된 감정이 어떠하리오

설사 그것이
애환의 빛이 된다 하더라도

난
그리하오리이다

봄각시

보랏빛 진달래 향이
서서히 다가오며
노오란 개나리의
나래로 활짝 이는데

아직 피지 못한
아가들의 몽우리들이
열리길 고대하면서

주변 산야에
깃들인 꽃들의 향연이
내심 기다려지는
생각만 해도 가슴이 두근세근

때마침
뿌려주는 보슬님 단비에
이쁜 모습 더욱 청아해져
한 꽃 한 꽃 눈물 머금은
너의 모습은

가녀린 가슴 부추기는
춘화의 태동
살포시 미소 짓는 봄의 각시야

손영종

아호: 해송
파라문예 동인

누나 생각

황톳길
바람 아래 꽃향기 몰고 온다
하늘에서는
하얀 얼굴 하나둘
누나 닮은 꽃 이파리
떨어진다
아귀아귀 잘 먹던 나 두고
누나는
가마 타고 간다
미움아치였던 내가
지금 아카시아
꽃눈 덮인 그 길을 걷는다

털어버려야 할, 4월

어제의 강물은 흘러서
민주란 바다를 이루고 있었다
피 끓는 꿈의 꽃들이 출렁이고 피는데
날개 편 갈매기 바람과 함께 놀려 하고
그들은 날고 싶었다
보이지 않은 마음 열어보려고
제주도 뱃길에 인사 나눈다
너 짱이다
너두 너두 하고
흔들리는 배 즐거워했으나
맹골수도 해역인 줄 아무도 몰라
40도 60도 90도 기울어진다
동그란 달덩이 눈뜨니
조용히 있으라는 헛소리
어린 양처럼 순종한 것이
검푸른 진도바다 삼킬 줄이야
엄마를 찾아도
아빠를 찾아도
안간힘을 쏟아도
암흑 속 미로는 찾을 수도 없어
원망도 못했다, 그들은
눈물이 고인 바다 눈물 따라 출렁이나
주인 없는 집구석 개는 짖어댄다
내 탓은 하지 않는구나 하늘이여……

우리가 미안하다 피지 못한 꽃들이여……

산객(山客)

산이 좋아
산을 쳐다보면 산은 오라고 소리친다
그대들의 품에 안기면
어제와 오늘이 다르다
사계절은 더더욱 다르다
감추었던 마음도
암흑 속에 잠자던 생각도
모두가 맑고 밝아진다

산이 좋아
산을 오르면 친구가 많다
부드럽게 간질여주는 바람과
피아노 치는 물소리가 있다
한 박자 음정으로 노래하는 새들과
눈치 보면 술래잡기하는 짐승들
산을 찾는 산객들의 친구가 된다
오늘도 임들은 산을 품어본다
우뚝 서서 천하를 따라 머무른다

정재기

파라문예 동인
블로그: 파라다이스.JK

사랑의 위대함으로

북풍한설 몰아칠 제
두 손 모아 불 밝히는
사랑을 잉태한 한 영혼이여……
고귀한 생명
거룩, 또 거룩하여라
이 세상 어느 생명 하나
귀하지 않은 삶이 어디 있으리오
어느 생명인들
참고 견디는 인고의 세월을
보내지 않았으리오
숭고한, 빈 가지마다
처절하리만큼 혹독한 추위를
능히 견딜힘을
가난한 빈손을 잡아 일으켜주시고
사랑으로 하여
사랑이 넘쳐흐를 수 있게
뜨거운 가슴, 가슴마다
사랑의 따스함으로 보듬어주소서
그래서
그 사랑의 위대함으로
영원히 아름답게 하여 주소서

사랑 가득

햇살 담뿍 담은 봄 향기
사랑 듬뿍 담은 그대의 미소
햇살 가득 피어올라

화사한 꽃향기에 춤추는
꽃구름 따고 두둥실
이내 마음 하늘을 날아가요

어여쁜 그대와 함께 노니는
이 고운 봄날, 햇살도 씽긋
사랑 가득 안기어요

햇살 고운 사랑

내 님 그리워
동구 밖을 내다보니……
올망졸망 맺혀있는 꽃망울들

햇살 고운 사랑놀이에
샛노랗게 망울졌네

내 마음 물들인 연분홍 꽃잎
뉘가 번져놓은 마음인가

다소곳이 맺힌 예쁜 망울마다
고운 내 님 뵈올까

방긋한 미소 입에 물고
수줍음 띠고
봄으로 오시었구려……

유삼두

필명: 풀잎
파라문예 동인

봄마중1

봄이 온다기에
그
봄을 마중하러
작은 동산에 오르니
아지랑이는
아직 잠들어 있고

먼―산 골짜기
잔설에 미끄러진 바람은
서슬 파란 기세로 달려와
마른 풀잎 위에 뒹군다

산 아래
푸른 보리밭 위에도
종달새는 날아오르지 않고
동 오른 배추꽃은
푸른 구슬만 머금었다

정녕
뻐꾸기 소리가
그리운 사람에게

봄은

달팽이 촉수처럼
그렇게
더듬거리며 오는가 보다

4·3의 아침

여명은 여지없이 밝아오고
푸른빛 어우러진 산상에
머리 풀어 산발한 바람이
찢겨지고 바스러진 원혼들의
슬픈 혼백마저 뒤섞는다

누구를 위한 죽임이요
무엇을 위한 주검이던가?
억겁의 세월을 기다린 고혼들은
지금도 침묵으로 기다리는데

아직도
헝클어신 고리……

그—
끝을 찾는 이들이여!
젖 먹던 어린 영혼이
얽힌 고리의 의미를 알까?
잠결에 휩쓸려간 숱한 영령들이
피 묻은 고리의 진실을 알까?

오늘도
어김없이 찾아온 4·3의 아침은
삭막한 추모공원에

햇살로 다가오는데

저만큼
바람 끝에 실려 가는 꽃잎 하나가
이슬 머금은 위령탑을
맴돌듯 나풀거린다

고향의 봄

고개 넘어온 꽃 바람
끝자락에
뻐꾸기 울음 섞인
초록 향기가 묻어 있고

여명이 침묵하는 동안
내려앉은
우윳빛 안개가
그 향기를 머금고
앞산 허리를 휘감았다

아침나절
텃밭 울타리 안에
갓 피어난
민들레 꽃 위로
노랑나비 한 마리가
숨어버리고

술래가 된 아지랑이만
혼자 어지럼 태운다

내 고향의 봄을……!

노영환

필명: 정든산천
경남 함양읍 출생
경희대학교 경영학과, 고려대학교 경영대학원 졸업
전국노씨남여대학생학우회 회장
임성물산주식회사 전무이사(1999~2013)

아름다운 삶

삶에 지치고 외로우면
집착의 무거운 짐 내려놓아라
비운 마음 맑은 마음으로
푸른 하늘과 강산을 바라보라

나는 새들도 곱게 핀 꽃들도
아름다운 산천도 나를 반기네
마음에 문을 열고 먼저 웃어 보라
반가워하는 손짓들 정겨워라

서로를 배려하고 사랑하는 마음
서로를 격려하고 축복하는 마음
참으로 아름다운 우리 마음이여
동행하는 우리네 삶 행복하여라

부를 수 없는 이름

봄이 오면 산과 들에
진달래 개나리 곱게 피는데
한 번 간 청춘, 내 임은
다시 만날 수 없는 슬픈 이야기

뜨거운 두 줄기
는개비 되어
갈바람에 날리며

차마 놓지 못하는
생명 끝 장별리
구만리 머나먼 길
통곡 소리 애끓는 이 밤

조락하는 생명 잎새
가을의 이별가로
이제 임을 보내야 하는
슬픈 미소를 머금고

눈 내리는 날의 회상

초가지붕에 소복소복
눈 이불 덮이우고
아랫목 차거울까
흰 연기 피어오르네

온 식구 화롯가에
옹가종가 모여앉아
주고받는 정담 속에
웃음꽃 피어나네

그리워라 보고 싶어라
내 부모 내 형제들
오지 못할 그날 그 시절
추억만이 눈 속에 쌓이네

이주형

필명: 형상
경주 출생
영남신학대학원 교육학 전공
웰다잉강원연구소 정선지소장
노인복지 및 노인교육사, 심리상담사
북평경로대학 학장, 무지개도서관 관장

마음에 담은 사랑

명랑이는 할 말을 잊어버리고
우울이가 되었나 봅니다

미소는 윙크를 잃어버리고
시무룩이가 되었나 봅니다

행복이는 웃음을 잃어버리고
짜증이가 되었나 봅니다

징징이는 애교를 잃어버리고
퉁퉁이가 되었나 봅니다

여보시오 약사 양반
약 좀 주세요

마음에 이는 그리움

미풍은 왜 이는지
이제야 알았습니다
내 사랑의 숨결인 것을

달빛이 왜 흐르는지
이제야 알았습니다
내 사랑의 그리움인 것을

별은 왜 빛나는지
이제야 알았습니다
내 사랑의 여명인 것을

마음에 이는 바람

꽃이 왜 피는지
이제야 알았습니다
내 사랑의 입맞춤인 것을

태양이 왜 뜨는지
이제야 알았습니다
내 사랑의 환희인 것을

이슬비는 왜 오는지
이제야 알았습니다
내 사랑의 눈망울인 것을

어두운 밤은 왜 오는지
이제야 알았습니다
내 사랑의 행복인 것을

238

파라단편소설

춤추는 가마우지

― 민효섭

민효섭

파라문예 동인
『파라문예』 9호 「닭싸움」,
10호 「작은 꽃들의 합창」 수록

춤추는 가마우지

아침 안개가 버드나무 가지 사이로 물결처럼 흐르고 있었다. 강 건너 언덕이 보이지 않을 정도로 짙은 안개는 좀처럼 걷힐 것 같지 않았다.

중국 쓰촨성 쯔궁시 푸시허 강촌마을 어귀에 할아버지와 손녀 진징이 그리고 우리들 가마우지가 살고 있다.

'하지'가 고기 망태를 어깨에 둘러메셨다. '하지'란 진징이가 아기 때 처음으로 말을 배우면서 어설픈 발음으로 할아버지를 부르던 대로, 또 '하니'는 할머니를 부르는 말이다. 진징은 나이가 들어가면서도 그대로 '하지', '하니' 하며 할아버지, 할머니를 그렇게 불렀고 누구도 그렇게 부르는 것을 탓하지 않았다.

"하지, 벌써 나가?"

"안개 걷히길 기다리다가는 해가 지겠는걸."

"조금만 기다려. 나 설거지 곧 끝나."

"서두를 것 없다."

진징은 겨우 일곱 살인데도 곧잘 집안일을 도왔다. 하지는 진징이가 설거지를 마칠 때까지 낚시에 필요한 자질구레한 것들을 주섬주섬 챙기셨고, 우리 가마우지들도 둥우리 속에서 기다렸다.

잠시 후에 진징이가 생글생글 웃으며 부엌에서 나왔다. 요즘 진징은 기분이 매우 좋다. 그것은 얼마 전에 아빠로부터 편지를 받았기 때문이다.

진징 아빠와 엄마는 지난 늦가을부터 올봄까지 농사일이 거의 없는 농한기 동안에 짬을 내어 도시에 나가 공사장에서 막일을 하며 돈을 벌고 있었다. 그런데 며칠 있으면 돌아온다는 소식을 전해왔다. 그리고 편지에는 진징에게 줄 선물 이야기도 잊지 않고 쓰여 있어 진징이는 하늘을 날듯 한껏 들떠있다. 예쁜 나비처럼 나풀나풀 신바람이 나있다. 마냥 좋아하는 손녀를 보면 하지도 기분이 좋으신지 빙그레 웃곤 했다. 물론 우리도 기분이 좋은 것은 두말할 것도 없다.

진징은 둥우리 곁으로 오더니,

"가마, 안녕? 내가 늦었지?"

하며 나에게 인사를 건넸다. 진징은 가마우지 새를 줄여서 우리를 그냥 '가마' 라고 불렀고 나는 그렇게 불러주는 것이 좋았다.

우리는 강가로 나왔다. 하지는 어느새 말뚝에서 배를 풀어 노 저을 채비를 마치셨다.

"하지!"

"왜에?"

"아빠랑 엄마가 오시려면 며칠 남았지?"

"퍽 기다리는구나?"

"그럼!"

"선물을 기다리는 것은 아니고?"

"피이, 하지도."

진징은 하지를 향하여 밉지 않게 눈을 흘겼다.

"곧 돌아온다고 했으니……."

하지가 강 건너 쪽으로 배를 저어 나가자 진징은

"물론 선물도 기다리지만…… 엄마가 보고 싶어!"

하며 내가 들어있는 둥우리 문을 열고 나에게 나오라는 손짓을 했다.

하지는 물끄러미 진징을 쳐다보더니,

"네 엄마도 널 퍽이나 보고 싶어 하겠지."

하며 진징의 머리를 쓰다듬어 주셨다.

강은 호수같이 잔잔하였고 물 위에서는 하얀 김이 무럭무럭 하늘로 피어올랐다.

강 한가운데에 다다르자 이웃 배들은 한 척도 보이지 않고 오직 진징 네 배만 짙은 안개 속에 갇혀있는 것 같았다. 어디를 둘러보아도 자욱한 안개뿐, 보이는 것은 아무것도 없었다.

"오후에는 햇빛이 쨍쨍하겠구나!"

하지가 날씨를 점치는 데는 뛰어나시다. 아침 안개가 짙으면 오후에는 날씨가 좋고, 해질녘에 동편 하늘이 붉으면 이튿날 틀림없이 비가 오거나 흐리다는 것을 맞추신다. 그 밖에도 바람이 언제 어디서 어디로 불면 날씨가 어쩌고저쩌고 하시지만 나는 그 많은 것들을 다 기억하지 못한다.

"하지, 오늘은 안개가 대단해. 그치?"

"그래서 내가 말하는 거 아니니? 햇빛이 좋겠다고."

하지와 진징은 마주보며 웃었다.

진징은 예쁜 손으로 나의 목을 쓰다듬으며

"아프지?"

하며 우리들 목에 느슨하게 끈을 동여맸다.

매일 하는 일이지만 진징은 언제나 나의 목에 끈을 매면서 안쓰러워했다.

언제부터인지는 알 수 없으나 이곳 사람들은 가마우지 낚시를 하며 살아가는 이들이 많다. 가마우지 낚시란 가마우지 새들이 물에 들어가 물고기를 잘 잡는다는 사실을 사람들이 알아차리고 가마우지가 물고기를 잡도록 시키는 것인데, 가마우지가 물에 들어가 물고기를 입으로 잡아 목 안으로 삼키지 못하도록 가마우지 목에 끈을 가볍게 동여매 놓고 끈에 걸려 삼키지 못한 물고기를 사람들은 가마우지 입을 억지로 벌리고 꺼낸다. 이것을 가마우지 낚시라고 한다.

물질을 하루 종일 하다 보면 배가 고플 때가 있다. 그럴 때면 우리는 잡은 고기를 꿀꺽 삼키고 싶을 때가 많다. 그러나 목에 동여맨 고리 끈 때문에 삼키질 못했다. 젊은 풋내기 가마우지들은 주인 몰래 삼키려다가 그만 목에 걸려 삼키지도 못하고 뱉지도 못하여 여간 고생을 하는 것이 아니다. 나도 젊었을 때는 그랬었다. 남몰래 먹는 일은 여간 어려운 일이 아니다. 다들 그럴 것이다. 더군다나 도둑질을 해서 몰래 먹는 일은 죽음을 각오해야 될지도 모른다.

하지는 장대 위에 우리들을 나란히 앉히고 물고기가 몰려다니는 곳을 살피셨다. 한참을 그렇게 앉아 계시다가 갑자기 "옳지!" 하며 우리가 강물에 뛰어들도록 신호를 하셨다.

우리는 잽싸게 물에 뛰어들어 큰 물고기를 골라 두세 마리씩 단숨에 잡아 입에 물고 나왔다. 물고기를 많이 잡는 날이면 하지는 기분이 좋아서 흥얼흥얼 콧노래를 하셨고 진징도 좋아했다. 그러나 우리들은 고기가 많이 잡히는 날이면 오히려 너무너무 힘이 들었다. 목이 쓰리고 아팠다. 목에서 피가 날 때도 있었다.

하지는 젊어서부터 가마우지 낚시를 해온 터라 물고기가 많이 몰려다니는 장소를 잘 알고 계셨다. 이웃 사람들은 낚시를 잘하는 하지를 부러워했고 존경했다.

진징은 우리 가마우지들 중에서도 나를 특히 귀여워했다. 그것은 내가 물고기를 잘 잡기도 했지만 우리들 중에서는 가장 오래 진징이와 함께 살았기 때문일 것이다. 그렇다고 나를 다른 친구들과 차별하지는 않았다.

진징은 내 친구들이 물질로 지쳐있거나 혹은 날개나 다리를 다치면 정성을 다해 보살펴 주었다. 보살펴 준다는 것이 뭐 별다른 것은 아니고 그저 아픈 곳을 주물러 준다거나, "하지, 이 녀석이 지쳤나 봐. 오늘은 좀 쉬도록 해야겠어!" 하고 마치 자신의 일처럼 하지에게 애원하듯 사정을 말씀드려 허락을 받아내곤 하는 것이었다.

그때마다 하지는 못 이기는 척 "네가 좋도록 하렴. 오늘 하루 그 녀석이 푹 쉬도록 해. 혼자서 심심해하지 않겠니?" 하면 진징은 밝은 얼굴에 미소를 지으며 "하지 최고!" 하며 두 팔을 하늘 높이 치켜들고 만세를 부르곤 했다.

나 혼자만의 생각인지는 모르겠으나 아무튼 내가 진징의 귀여움을 독차지하고 있다는 생각은 한 번도 변한 적이 없다. 그렇기 때문에 더욱 열심히 물고기를 잘 잡았는지도 모른다. 나는 진징이 좋아하는 일이라면 무슨 일이고 하고 싶었다.

진징이 말없이 시무룩하거나 집안일로 지쳐있을 때, 나는 나이 어린 친구들이 보는 앞에서 진징을 위해 노래를 부르거나 춤을 추기도 했었다. 노래도 썩 잘하지 못하고 춤도 시원치 않아 민망하기도 하고 겸연쩍었지만 진징이 웃을 수만 있다면 나는 그보다 더한 짓이라도 하고 싶었다.

볼품없는 내 춤솜씨를 보고 친구들은 낄낄거리며 웃어댔다. 내가 뽐내고 싶어 주책을 부린다고 비웃었지만 그들은 내가 진징을 위하여 그런다고는 생각을 못하는 것 같았다.

나를 바라보던 진징의 얼굴이 환해지면서 "가마, 그래그래 알았어. 기막혀. 내가 졌다. 웃을게!" 하고는 얼른 나를 품에 안아줄 때, 나는 행복했다.

점심때가 되어서야 안개는 걷히기 시작했다. 멀리 강 건너 언덕이 보이는가 싶더니 나무들의 모습이 어렴풋이 보였고, 해바라기와 목화 그리고 땅콩 밭이 햇빛에 드러나기 시작했다. 하지의 말씀은 틀림없었다. 안개가 걷히자 햇빛은 눈이 부셨다. 아니, 쨍쨍하게 빛났다.

"내 이럴 줄 알았지."

하지는 혼잣말처럼 중얼거리며 물고기 광주리를 들여다보았다.

"뭐가?"

진징은 턱을 치켜들고 하지에게 물었다.

"안개가 심한 날은 신통치 않아."

"왜-에?"

"고기들이 움직이질 않으니까 그렇지 뭐."

하지는 물고기 광주리를 흔들어 보더니 우리에게로 눈길을 돌렸다. 나는 미안했다. 하지 말대로 물고기들은 통 움직이질 않았다. 우리는 첨벙첨벙 물속으로 뛰어들긴 했지만 빈 입으로 나오기 일쑤였다. 괜히 기운만 뺐지, 헛수고를 한 셈이다.

여느 날 같으면 이때쯤이면 잡은 고기가 광주리에 반은 차야 될 터인데 오늘은 어림도 없다. 우리가 게으름을 피운 것이 아니란 것을 하지와 진징은 잘 알고 있을 것이다.

진징은 하지의 마음을 알아차렸다.

진징은 갑자기 손뼉을 치며,

"아하, 안개 때문에 물고기들이 길을 잃을까 봐 집 안에만 있어서 그렇구나!"

하며 하지의 얼굴을 쳐다보았다.

하지는 웃지 않을 수 없었다. 우리도 덩달아 키득대며 웃었다.

배를 강가에 매어 놓고 점심을 먹었다. 점심은 진징이 준비한 빵과 물고기를 기름에 튀긴 것, 그리고 소금에 절인 무가 전부였다.

하니가 작년 봄에 돌아가셨기 때문에 아홉 살 된 진징이는 집안 살림을 도맡아 하고 있다. 물론 엄마와 아빠가 집에 계실 때는 응석받이였지만, 하니가 돌아가시고 아빠와 엄마마저 도시에 일하러 나가신 후에는 아주 의젓한 아가씨처럼 집안일을 척척 해냈다. 참 대견했다. 우리는 진징을 보면서 모두 혀를 내둘렀다.

진징은 하니가 만들던 방식으로 빵을 구웠고 그 맛 또한 하니가 만든 빵과 똑같았다. 진징이 빵을 구울 때면 화덕에서 풍겨 나오는 빵 냄새 때문에 우리는 빵이 먹고 싶어 둥우리 속에서 정신을 차리지 못하고 소란을 피우곤 했다.

진징은 빵 굽기를 다 마치면 언제나 커다란 빵을 하나 들고 우리 곁으로 다가와,

"알고 있어. 내가 만든 빵이 세상에서 제일 맛있다고? 하지도 내가 구운 빵이 제일이라고 하셨어! 이 녀석들 빵 맛 좀 보여줄까?"

하며 한 조각씩 떼어 우리에게 나누어 주었다. 그 맛은 내가 세상에서 먹어본 그 어떤 빵과도 비교할 수 없이 훌륭했다. 그래서 나는 이웃집 가마우지 친구들에게 틈만 나면 자랑을 했고, 그럴 때면 친구들은 늘 입맛을 다시며 나를 부러워했다.

하지는 진징이 구운 빵을 먹으면서 돌아가신 하니가 생각나셨는지,

"그래 이 맛이야!"

하며 진징이 대견스러운지 자애로운 눈길로 바라보셨다.

신싱은 그 말이 무슨 뜻인지 알고 있다. 그것은 하니가 만든 빵 맛과 같다는 말이다. 하지는 진징의 얼굴에서 하니의 모습을 찾고 있는 것 같았다. 진징은 누구보다도 하니를 많이 닮았다. 그래서일까? 하니는 평소에 진징을 무척 사랑하셨다. 무조건 진징의 편이었다.

점심 먹기를 마치자 진징은 우리에게 목에 고리 끈을 매려고 하였다. 그때 하지는 무슨 생각에서인지,

"아가, 오후에는 그만두자!"

하며 우리를 둥우리에 들여보내라고 진징에게 손짓을 하셨다.

진징과 우리는 영문을 모른 채 하지의 얼굴을 바라보았다. 오전에 낚시가 워낙 신통치 않아서 그럴 것이라고 우리는 생각했다.

요즘은 물고기를 읍내에 내다 팔아도 값이 워낙 떨어져서 한 광주리를 팔면 밀가루와 기름을 조금씩 사고 나면 남는 돈이 얼마 되지 않는다. 그래서 진징이 좋아하는 사탕이나 크림빵은 하지에게 사달라고 아예 말도 꺼내지 못하고 그냥 그런 것을 파는 상점을 지나칠 때면 일부러 고개를 돌리고 빠른 걸음으로 지나쳤다.

집에 돌아온 하지가 몇 마리밖에 되지 않는 물고기를 손질하기를 마치고

"아가, 읍내에 나랑 같이 가련?"

하고 말했을 때 진징은 고개를 갸우뚱했다. 우리도 하나같이 하지를 쳐다봤다.

"하지, 아니 읍내에 겨우 저걸 내다 팔게? 누가 거들떠나 보겠어?"

"왠지 오늘은 그냥 우리 손녀랑 읍내 구경을 하고 싶구나."

"예엣?!"

진징은 뛸 듯이 기뻐했다. 마당을 나비처럼 팔랑팔랑 두 팔을 벌리고 맴돌면서 좋아했다. 하지는 춤추듯 뛰어다니며 좋아하는 진징을 그윽한 눈길로 바라보며 미소를 지으셨다. 우리 가마우지들은 '우리도 같이 갈 수만 있다면 얼마나 좋을까? 하는 생각에 모두 고개를 둥우리 밖으로 내밀고 진징을 바라보았다.

한참 신이 나서 춤을 추던 진징은 나와 눈이 마주치자

"난 하지랑 읍내구경 간다—!"

하고 내 앞에서 뻐기는 몸짓을 하여 보였다.

내가 시무룩하여 고개를 푹 숙이자

"가마, 요 녀석. 너도 가고 싶어 그러는구나?"

하며 내 머리를 쓰다듬어 주었다. 나는 정말 따라나서고 싶었다. 도대체 읍내란 곳이 어떤 곳인지 가보고 싶었다. 그 많은 물고기를 읍내에 내다 파는 것을 보면 읍내 사람들은 매일 물고기만 먹고 사는 것은 아닐까 하는 생각도 들었기 때문에 읍내에는 꼭 한번 가보고 싶었다.

"하지!"

"왜 그러느냐?"

"나, 조 녀석 가마도 데리고 가면 안 될까?"

"가마우지를?"

"으응. 가마 한 마리만. 하—지—."

진징은 손가락 검지를 치켜들면서 하지에게 떼를 쓰는 시늉을 했다.

"안 돼!"

하지는 한마디로 거절하였다. 그러나 진징은 굽히지 않았다. 토라진

척 돌아서서

"그럼 나도 안 가!"

하고 우는 시늉을 하며 고집을 부렸다.

하지는 겁이 난 모양이었다. 덥수룩한 수염을 하릴없이 쓸어내리며 말했다.

"허허, 울기는? 그래, 그럼 그렇게 하렴."

진징은 하지의 말이 떨어지자 "정말?" 하며 하지에게 달려들어 하지의 얼굴에 뽀뽀를 해댔다.

놀란 것은 바로 나였다. 놀란 나머지 온몸에서 기운이 다 빠져 서 있기조차 힘들었다.

"하지, 내가 정말로 우는 줄 알았어?"

"그럼 거짓으로 운 거였어?"

"호, 호, 호, 하지 미안."

"난 그것도 모르고선."

"그래서 하지는 바보야. 호, 호."

하지는 나를 보듬은 진징을 자전거 뒷자리에 태우고 페달을 열심히 밟았다. 진징은 전에도 읍내에 나간 일은 있었지만 물고기를 팔기 위하여 나갔기 때문에 시장 골목 밖을 벗어난 적은 없다고 말했었다. 읍내에는 으리으리한 큰 집들도 즐비하였고 자동차와 오토바이, 또 자전거가 쉴 새 없이 오갔다. 무엇보다도 놀라운 것은 사람이 많다는 것이었다.

나는 진징에게 속삭였다.

"세상 사람들이 다 모였나 봐."

진징은 나를 보면서 빙그레 웃었다.

하지와 진징은 손을 꼭 잡고 걸었다.

진징은 보는 것마다 신기해서 걸음을 제대로 걷지 못했다. 그럴 때마다 하지는 걸음을 멈추고 기다려 주어야 했다.

여기는 인형가게, 저기는 옷가게, 또 저기는 빵가게……. 진징은 입을 다물지 못했다.

진징이 걸음을 멈추고 들여다본 가게는 '아동복장'이란 옷가게였다.

자전거를 세우고 한참을 기다린 하지가 진징이 앞에 쪼그리고 마주 앉아

"아가. 우리 한번 들어가 볼까?"

하고 턱으로 옷가게를 가리켰다.

하지의 얼굴을 물끄러미 바라보던 진징은

"싫어."

하며 고개를 흔들었다.

옷가게 안에는 예쁜 옷들이 진열대뿐만 아니라 벽에도 천장에도 진열되어 있었다.

"왜 싫어?"

"……."

진징은 대답은 하지 않고 자신이 입고 있는 옷을 만지작거리더니 부끄러운 듯 고개를 숙였다. 입은 옷고 있었지만 눈에는 눈물이 그렁한 것을 나는 보았다.

"우리 들어가 보자!"

하지가 진징의 등을 살짝 떠밀자

"돈도 없으면서……."

하며 하지의 손을 잡고 다른 곳으로 가자고 이끌었다.

그러나 하지는

"그냥 구경만 하는 걸, 뭐. 어서 들어가자."

하고는 앞장서서 가게 안으로 들어갔다.

마지못해 따라 들어간 진징은 쭈뼛쭈뼛하였다.

"어서 오세요, 영감님."

주인아주머니는 하지와 잘 아는 사이 같아 보였다.

아주머니는 진징의 얼굴을 찬찬히 살펴보더니

"얘가 바로 영감이 자주 말씀하시던 손녀요? 아닌 게 아니라 넌 정말 예쁘구나."

하며 칭찬을 했고, 하지는 손녀가 퍽이나 자랑스러운 듯

"그렇소. 내 손녀요."

하고 뻐기듯 큰소리로 대답을 했다.

점원들은 사람보다는 나를 쳐다보고

"우리 가게 소문이 좋으니 가마우지 새가 우리 가겔 다 오셨어! 정말 웃겨."

하며 한동안 호들갑을 떨었다.

색깔도 곱고 모양도 예쁜 옷들을 둘러보는 진징의 가슴은 콩콩 소리가 날 정도로 뛰고 있었다.

"아가, 넌 어느 옷이 제일 마음에 드니?"

하지는 눈웃음을 지으며 진징에게 물었다.

"……."

진징은 대답 대신 웃기만 했다. '하지는 정말 바보야. 가마야, 그치? 모두 예쁘고 마음에 드는 걸 왜 물어보신담?' 하는 눈길로 나를 쳐다보았다. '그러게 말이야. 하지는 정말 바보 맞아!' 하고 나는 눈을 깜빡이

며 대답했다.

"웃지만 말고 어서 말해 봐. 제일 마음에 드는 것을."

조용히 웃기만 하던 진징은

"없어!"

하고 슬그머니 돌아섰다.

"없어? 이 많은 옷 중에 네 맘에 드는 것이 없다고?"

하지는 어이가 없는지 진징의 양 어깨를 잡고

"잘 찾아 봐. 틀림없이 있을게다."

하며 여기저기 진열되어 있는 옷들을 가리켰다.

진징은 하지가 가리키는 옷들을 쳐다만 볼 뿐 입을 다물고 있었다.

"꼬마 아가씨. 이 옷은 어때?"

이때 아주머니는 공주들이나 입을만한 아주 예쁜 옷을 들어보였다. 진징은 그 옷을 쳐다보았다. 참으로 예쁜 옷이었고 마음에도 쏙 들었다. 곁에서 하지는 마냥 흐뭇한 듯 미소를 지으며 고개를 끄덕였다.

'저 옷을 입고 진징이 춤을 춘다면 얼마나 예쁠까?' 하고 나는 예쁜 옷을 입은 진징을 상상해 보았다. 그러나 진징은 옷만 뚫어져라 바라볼 뿐 대답을 하지 않았다.

"아가씨, 한번 입어볼까?"

아주머니는 진징의 대답은 듣지도 않고 구석방으로 데리고 들어가 입고 있던 옷을 벗기고 예쁜 옷으로 갈아 입혔다. 아! 정말 진징은 예뻤다. 진징을 보니 괜히 나는 숨이 막힐 것만 같았다.

예쁜 새 옷으로 갈아입은 진징을 앞세우고 나온 아주머니는

"영감님, 어때요? 예쁘지요? 역시 옷도 주인을 잘 만나야 된다니까."

하며 진징을 벽에 걸린 커다란 거울 앞에 세웠다.

진징은 거울에 비친 자신의 모습을 보고선 깜짝 놀랐다. 너무 예쁜 소녀의 모습이었다. 그러나 그 놀라움도 잠시, 거울 속의 소녀를 한동안 쳐다보던 신징은 시무룩해졌다. 옆에서 바라보던 아주머니와 하지는 진징의 그런 태도를 의아하게 생각했다.

"왜? 마음에 안 들어? 예쁘지 않아?"

아주머니는 진징을 돌려세워 가며 요리조리 살펴보았다.

"이 옷이 어때서 그래? 예쁘기만 하구먼. 너에게 썩 어울리기만 한데?"

점원들도 새 옷을 입은 진징을 마구 칭찬해댔다.

진징은 빨리 새 옷을 벗고 싶은 눈치였다. 거울 속 소녀와 아주머니 그리고 하지를 힐끗힐끗 쳐다보던 진징은 오뚝하니 거울을 등진 채 입을 다물고 서 있기만 했다.

진징을 조용히 바라보던 하지는 답답했다.

"다른 걸 골라볼까?"

그러나 진징은 아무 말 없이 하지를 쳐다본 후 고개를 흔들었다.

아주머니가 나섰다.

"아가씨, 이 옷은 우리 가게에선 최고급이야. 다른 가게에서는 구경도 못해. 영감님 부탁으로 내가 특별히 준비해 둔거야. 꼬마 아가씨, 알기나 해?"

아주머니는 다소 실망스러워하며 하지를 바라보았다.

하지는 헛기침을 하며

"안 되겠소. 우리 아기는 한 번 싫다고 하면……."

하고 아주머니를 쳐다보았다.

"예쁘기만 한데 왜 그럴까? 돈을 받는 것도 아니고……. 영감님께서 자주자주 고기를 거저 주시기에 나도 한번 보답하려고 했었는데…….

그럼 어쩔 수 없지요. 입을 사람이 마다하니."

아주머니의 말을 듣고 진징은 깜짝 놀랐다. '그럼 그 동안 하지는?'
하고 생각했다.

진징이 구석방에서 옷을 갈아입은 뒤 우리는 가게를 나섰다.

"미안하오. 그럼."

"참 예쁜데……. 영감님 또 오세요. 꼬마 아가씨도 잘 가."

진징은 아주머니에게 인사도 제대로 못하고 고개만 꾸뻑 숙이고 돌
아섰다.

하지는 아무 말 없이 자전거를 밀며 걸었고, 우리는 그 뒤를 졸래졸래
따랐다. 공원에는 나무들이 울창하였고 화단에는 이름도 알 수 없는 예
쁜 꽃들이 피어 있었다. 공원 한가운데에는 커다란 느티나무가 서 있었
다. 나무 밑 그늘에는 여기저기 사람들이 모여 앉아 이야기를 나누거나
악기 연주에 맞추어 노래도 부르고 장기를 두는 사람들도 있었다.

우리도 긴 의자에 자리를 잡고 앉았다. 하지와 진징은 아무 말 없이
앉아만 있었기에 나는 답답하고 속이 상했다.

어디서 나타났는지 솜사탕과 아이스크림을 파는 아저씨가 다가왔다.
진징은 바람에 곧 날아가 버릴 것처럼 건들대는 솜사탕을 바라보았다.
침을 꼴깍하고 삼켰다. 우리 강촌마을에도 간혹 솜사탕 장수가 다녀간
다. 진징이 솜사탕을 먹어본 것은 꼭 한 번. 돈을 주고 사먹은 것이 아니
라 동네 아이한테서 조금 얻어먹어 본 일이 있다. 그때 '너도' 하며 아주
조금 떼어주어 맛을 본 적이 있다. 달콤한 그 맛! 아직도 잊지를 못한다.

"이보오. 그 솜사탕 하나 주소."

하지는 그것을 건네받아 진징에게 디밀었다.

그때서야 진징은 하지를 쳐다보았다. 하지는 그윽한 눈길로 진징을 바라보고 있었다. 진징의 눈에서 주르르 눈물이 볼을 타고 흘러내려 꼬실꼬실한 옷에 떨어졌다. 진징이 우니 나도 덩달아서 눈물이 났다. 나는 언제나 그랬다.

하지는 진징의 한 손을 꼭 잡고

"울기는? 정말 그 옷이 맘에 들지 않던?"

하며 볼에 흐르는 눈물을 투박한 손으로 닦아 주었다. 그러자 진징은 얼굴을 하지의 가슴에 묻고 어깨를 들먹이기 시작했다.

하지는 당황하여

"이런 이런, 울기는?"

하며 어깨를 토닥였다.

울음을 그친 진징은 솜사탕을 떼어 하지 입으로 가져갔다. 하지는 부푼 솜사탕을 입으로 몰아넣고 우물거리더니

"달구나. 너도 어서 먹어."

하며 웃었다. 나도 입맛을 다셨다.

"너도 한 입."

진징은 큼지막하게 솜사탕을 떼어 나에게 주었다. '바로 이 맛!' 하며 나는 날개를 퍼덕였다. 진징의 얼굴이 환해졌다. 진징의 얼굴은 언제 보아도 곧 웃음이 터질 것 같은 밝은 얼굴인데, 그렇지 않을 때 나는 어찌할 바를 모르고 애를 태운다.

솜사탕을 먹던 진징은 작은 주먹으로 하지의 가슴을 살짝 때리며

"진즉에 말해주지 않고……."

하며 하지에게 눈을 흘겼다. 하지는 깜짝 놀라는 시늉을 하며 물었다.

"무얼?"

"옷 말이야."

"옷이 왜?"

"하지, 정말 몰라서 그래? 하지는 정말 바보야. 내 말은……."

하지는 진징의 말은 들으려 하지도 않고 껄껄대고 웃었다.

"하지, 왜 그렇게 웃는데? 하지는 말이 몰리면 그저 웃어넘겨 버린다니까. 그래서 하니가 늘 하지더러 바보라고 했던가 봐."

하지와 진징은 한바탕 웃었다.

하지가 너무 크게 웃는 바람에 옆에서 얘기를 나누던 사람들이 힐끔힐끔 우리를 쳐다보았다. 그러나 나는 진징이 웃기만 한다면 아무래도 좋았다.

보라색 등나무 꽃들이 주렁주렁 매달린 나무 밑으로 자리를 옮겨 앉았다. 하지는 우리에게 잠깐 기다리라고 하더니 음료수 가게에 가서 플라스틱 봉지에 담긴 시원한 주스와 빨대를 사들고 장난하는 아이들처럼 우스꽝스런 걸음으로 돌아왔다.

"하지는 돈도 없으면서."

진징은 하지가 돈이 별로 없다는 것을 잘 알고 있다. 걱정스러운지 주스를 받아 들고서도 선뜻 빨대에 입을 대지 못하고 망설였다.

"어서. 시원할 때……."

하지가 먼저 빨대를 물었다.

진징도 하지처럼 빨대를 빨았다. 달콤하고 새콤한 주스를 쪽 빨아 입에 가득 채운 진징은 두꺼비처럼 두 볼을 볼록하게 하고선 눈을 꼭 감았다. 맛이 기막힌 모양이었다. 나는 주스 맛이 어떨까 하고 상상을 하니 입에 침이 고였다.

진징의 그런 모습이 사랑스러운지 하지의 입가에는 잔잔한 미소가 떠나지 않았다.

"맛있니?"

"응."

진징이 빨대로 주스를 빨 때마다 난 더욱 갈증을 느꼈다. 강물에 첨벙 뛰어들어 꿀꺽꿀꺽 마시고 싶다는 생각이 들었다.

플라스틱 봉지에 든 주스를 다 마신 후 하지는 진징을 끌어다 가슴에 꼭 안고

"엄마가 보고 싶지?"

하고 물었다. 진징은 대답은 하지 않고 하지의 가슴에 더욱 깊숙이 얼굴을 묻었다. 엄마가 보고 싶은 걸 견디느라 얼마나 애를 쓰는지 나는 잘 알고 있다. 하지는 왜 괜히 엄마 이야기를 꺼내서 진징을 힘들게 하는지……. 그것도 모르는 하지는 정말 바보인지도 모르겠다는 생각이 들었다.

"며칠만 있으면 돌아온다고 했는걸, 뭐!"

"그래. 곧 돌아들 오겠지."

진징은 눈을 들어 멀리 하늘에 둥실 떠가는 구름을 바라보았다. 구름은 모양을 바꾸면서 아주 천천히 흘러갔다. 그 구름 위에 엄마 얼굴을 그려보는지도 알 수 없었다.

"아가, 엄마랑 아빠가 돌아오면 우리 아기도 학교에 다시 다녀야겠지?"

"다시 받아줄까? 입학만 하고선 곧바로 그만둔 걸……?"

"받아줄 거다. 내 며칠 전에 학교에 가서 교장선생님을 찾아뵈었다. 걱정하지 말고 널 보내라고 하시더구나. 그렇게 하자. 그동안 못 배운

것은 네 엄마가 조금 보살펴주면 될 거구. 네 엄마는 똑똑하잖니? 그리고 너도. 문제없을 게다."

그럼 난? 진징이 학교에 가면 난 진징이 보고 싶어 어쩐다? 매일같이 배를 타고 강에 나가 낚시하며 '옳지! 옳지!' 하는 하지의 목소리만 들어야 된단 말인가? 벌써부터 가슴이 답답해지기 시작했다. 나는 진징이 학교에 다니지 않게 되기를 '제발! 제발!' 하며 하늘에 빌고 또 빌었다. 저렇게 똑똑하고 착한데 무엇을 더 가르치려고 학교에 보내려는지 하지의 속을 알 수 없었다.

학교에 다니게 될 거라는 말에 진징은 신바람이 났다. 그러나 나는 우울하기만 했다. 며칠만이라도 모르고 지냈으면 좋았을 것인데 괜히 읍내까지 따라나선 걸 후회했다.

우리는 집을 향해 걸었다. 하지는 페달을 밟을 힘이 부쳤는지 아니면 일부러 천천히 걷고 싶어서 그랬는지 십 리나 되는 길을 걸었다.

진징은 무엇이 좋은지 노래도 부르고 휘파람도 불었고, 하지는 길가에 핀 예쁜 꽃을 꺾어 머리띠를 만들어 진징의 머리에 씌워주며,

"이것 좀 봐. 우리 아기가 세상에서 가장 예쁜걸!"

하며 진징의 이마에 입을 맞추었다. 진징은 옥수수수염 같은 하지의 수염이 싫다며 하지를 밀쳐냈다.

난 어서 둥우리 안으로 돌아가고 싶은 생각밖에는 아무것도 없었다. 끝없이 펼쳐진 땅콩, 목화밭 그리고 해바라기와 수수밭이 갑갑하게만 보였다. 곧 여름이 되면, 가도 가도 끝없이 펼쳐진 해바라기밭에는 노란 해바라기꽃이 만발할 것이다. 그리고 수수밭은 바람에 물결같이 일렁이겠지. 하얀 목화꽃은 또 얼마나 아름다울 것인가. 그러나 나의 눈에는

아무것도 보이지 않았다.

하지는 손녀에게 새 옷을 입히지 못하게 된 것을 못내 아쉬워했다.

"네가 학교에 갈 때 입히려고 예쁜 옷을 골랐던 것인데, 그만……."

하지 말을 들은 진징은 하지의 팔을 잡고 흔들며

"하지, 오늘은 정말 미안! 다음에, 다음에 사주면 되잖아?"

하며 하지를 위로하였다.

해질 무렵에 우리는 집에 돌아왔다. 나는 돌아오는 길이 멀게만 느껴졌다. 친구들은 나에게 읍내에 나가서 보았던 얘기를 해달라고 졸랐지만 말할 기분이 아니었다. 진징이 학교에 가게 되면 친구들 역시 얼마나 풀이 죽을까를 생각하니 말할 수가 없었다. 그런 나를 보고 친구들은 입을 삐죽이며 모두들 토라졌다.

나는 잠을 이루지 못하고 뒤척였다. 하늘에 있는 가장 큰 별을 향하여 '제발! 제발!' 하며 빌었다. 가까스로 잠이 들었는가 싶었는데 새벽이 되니 부지런한 친구들이 일찍 일어나 설치는 바람에 그만 날이 밝아 아침을 맞이하고 말았다.

며칠 후, 이른 아침에 일찍 일어나 동네 작은 공원에서 태극권운동을 마치고 마당으로 들어선 하지가 부엌에서 아침상을 준비하는 진징을 불렀다.

"아가, 오늘은 아빠랑 엄마가 집에 들어올 모양이다. 늦어도 점심때까지는 들어들 오겠지. 그러니 점심 도시락은 준비하지 말거라."

"엄마가 돌아와요? 아빠랑? 오늘?"

참새처럼 조잘대는 진징의 목소리는 가늘게 떨리고 있었다.

"그래. 어젯밤에 정거장에서 네 엄마랑 아빠를 본 사람이 있더구나.

아까 공원에서 운동할 때 만났는데 그 사람이 그렇게 말했다."

진징은 멍하니 섰더니 사립문 쪽을 향하여 "엄마!" 하고 부르며 달려 나갔다. 진징을 바라보던 하지는 혀를 끌끌 차며 뒤따라 걸어 나갔다.

"아가, 아가, 아직 멀었어. 점심때는 되어야 들어올게다."

나도 가슴이 울렁거렸다.

하지와 진징은 댓돌 위에 나란히 앉아 이제나저제나 하고 기다렸다. 동네 개만 짖어도 진징은 부리나케 뛰어 나갔다. 기다리는 엄마와 아빠가 보이지 않아 헛걸음을 하고 실망하여 어깨를 늘어뜨리고 들어올 때는 가여워 볼 수가 없었다. 벌써 열 번도 넘게 헛걸음을 쳤다.

어쩐 일인지 엄마와 아빠는 정오가 훨씬 지났건만 나타나지 않았다. 진징은 누가 살짝 건드리기만 해도 울음보가 터질 것같이 보였다. 하지는 말은 하지 않았지만 속이 탔다.

기다림에 지쳐있는 손녀가 안쓰러운지,

"틀림없이 보았다고 말했는데……. 이상한 일이구나. 아무리 천천히 걸어와도 서너 시간이면 될 텐데, 모를 일이구나."

하며 진징을 측은한 듯 바라보았다.

하지가 무슨 말을 해도 진징은 꼼짝도 하지 않고 입을 굳게 다문 채 사립문 쪽을 바라보며 앉아있었다. 그렇게 앉아있기를 몇 시간째, 울 것 같은 얼굴이었다.

우리는 둥우리 속에서 크게 기침도 하지 못하고 답답한 시간을 견디어야만 했다. 그러나 진징에 비하면 아무것도 아니었다. 친구 중에 하나가 '저러다 쓰러지겠어!' 하며 걱정을 했다.

"하지, 하지가 잘못 들은 거 아냐? 아님 그분이 사람을 잘못 보았거나."

진징은 지쳤는지 하얗게 마른 입술로 거의 울음 섞인 목소리로 말했다.

누군가가 불쑥 마당으로 들어섰다. 진징은 "아빠다!" 하며 달려가 하마터면 그에게 안길 뻔했다. 알고 보니 동네 아저씨였다. 실망이 컸다.

"애 아빠 돌아왔어요?"

"아직……."

"아직도요?"

아저씨는 고개를 갸우뚱하였다.

진징은 아저씨에게 직접 확인하고 싶었다.

"아저씨, 틀림없이 울 엄마랑 아빨 보셨어요? 혹시 잘못 보신 건 아니에요?"

"아니다. 잘못 본 게 아니야. 나랑 얘기도 나눴는걸! 별일이구나. 조금만 더 기다려 보거라. 곧 들어오겠지."

아저씨는 애써 진징에게 웃어 보이며 돌아갔다.

해가 지고 있었다. 우리들은 배가 고프고 목이 말라 죽을 지경이었다. 철부지들은 목을 둥우리 밖으로 내밀고 헐떡였다. 그러나 진징이 지쳐 있는 모습을 보면 아무것도 아니란 생각이 들었다.

하지는 진징이 너무 힘겨워하는 것을 보다 못해 하지의 무릎을 베고 눕도록 했다. 잠이라도 재워야 되겠다고 생각한 모양이었다. 진징은 잠이 들었는지 꼼짝도 하지 않았고, 하지는 진징의 어깨를 토닥이며 흥얼흥얼 노래를 부르고 있었다.

얼마를 그랬을까? 사립 밖에서 발걸음 소리가 들렸다. 하지는 가는귀를 먹었기 때문에 듣질 못하는 것 같았다. 우리들은 그 발걸음 소리만 듣고도 아빠와 엄마란 것을 금방 알아차렸다. 빨리 진징에게 알리고 싶어 소리를 지르고 발을 굴러댔다. 그 소리에 진징이 잠을 깼다.

마당 안으로 아빠와 엄마가 보퉁이를 하나씩 들고 들어왔다. 진징은 아빠와 엄마를 알아보고 너무 반갑고 또 지친 나머지 소리도 지르지 못하고 마당에 털썩 주저앉고 말았다. 그때서야 하지가 일어섰다.

"애비랑 어미?"

"예, 저희들 왔어요."

진징은 자리에서 발딱 일어서더니 "엄—마!" 하고 달려가 엄마 품에 안기어 주먹으로 엄마의 가슴을 때리며 소리 내어 울기 시작했다. 엄마는 진징을 가슴에 보듬어 안고 마루에 걸터앉아 눈물을 흘렸다. 우리들도 눈물을 찔끔거렸다.

"너희들이 정거장에 돌아왔다는 소리는 아침에 이미 들었는데……왜 이렇게 늦었어? 빨리들 들어오지 않고. 아기가 얼마나 기다린 줄 알기나 해?"

하지는 핀잔을 했다.

"죄송해요."

"저녁들은 먹었어?"

"……."

아빠와 엄마는 오랜만에 집에 돌아왔건만 왜 그런지 표정이 어두웠다.

"사정이 좀 있었어요. 그래서…… 그만……."

아빠는 말끝을 흐리며 우물쭈물 얼버무렸다.

"사정이라니, 어디 다치기라도 했어?"

"아니요. 그건 아닌데……."

"그렇다면 큰일은 아니구먼."

무슨 사정인지는 몰라도 건강한 몸으로 돌아온 것만도 다행이라고 하지는 생각하는 모양이었다.

갑자기 엄마가 소리 내어 울기 시작했다. 진징은 엄마의 얼굴을 두 손으로 감싸며 말했다.

"엄마 울지 마. 왜 울어?"

진징의 말을 들은 엄마는 더욱 크게 울었다. 보다 못한 하지가 말했다.

"그동안 고생을 많이 했던 모양이구나. 이제 됐다. 집에 건강한 몸으로 돌아왔으니. 그만 울음 그쳐라."

그러나 엄마는 하지의 말씀을 듣고도 울음을 그치지 않았다. 뿐만 아니라 아빠도 함께 곁에 앉아 흐느꼈다.

영문을 몰라 하지는 흠 흠– 하며 마당에서 어슬렁거렸다.

"엄마 왜, 왜 그래? 아빠도. 울지 마. 나도 슬퍼져."

우리들은 '무슨 일이 있어도 큰일이 있나 봐!' 하며 둥우리 밖으로 고개들을 내밀고 소곤댔다.

이튿날 아침은 다른 날과 다름없이 평온했다. 하지는 아침 운동을 마치고 돌아와 마당을 쓸었다. 진징은 다른 날 같으면 아침밥을 순비하느라 부엌에서 달그락거렸겠지만, 대신 엄마가 앞치마를 두르고 들락거린다는 것밖에는 여느 날과 다르지 않았다.

아빠가 방에서 나와 고개를 푹 숙이고 마루에 앉았다. 어제 먼 길을 걸었기 때문에 아직도 피로가 풀리지 않았으리라 생각되었다.

마당 쓸기를 마친 하지가

"지나간 일이다. 잊어버려라. 몸 성히 돌아왔으면 그것으로 되지 않았니?"

하며 아빠의 어깨를 툭 쳤다.

아빠는 아무런 말도 없이 고개를 더욱 숙였다. 우리들이 처음 보는 아빠의 모습이었다. 얼굴이 무척이나 수척해 보였다. 엄마 역시 얼굴이 어두워 보였다.

하지가 아빠 곁에 붙어 앉으며 말했다.

"너무 속상해 하지 마라. 어쩔 수 없지 않니? 몸만 축나!"

우리들은 알 수 없는 큰일이 터지긴 터진 모양이었다.

"너무 너무 속상해서…… 죽겠어요."

"왜 안 그렇겠니. 그렇지만 네가 이러면 어미가 더 힘들어할 거 아니냐? 네가 의연하게 버텨내야지. 네가 이러면 못 써! 사나이면 사나이답게, 가장이면 가장답게 힘을 내야지. 알아들어?"

"……."

아빠는 고개를 끄덕이더니 한참 동안 아무 말 없이 하지를 바라보았다. 그 눈에는 눈물이 그렁그렁했다.

방문을 활짝 열고 진징이 마당으로 나왔다. 두 팔을 위로 쭉 펴고 기지개를 하며

"엄마, 내가 늦잠꾸러기는 아니야. 오늘 아침만이야. 내가 얼마나 부지런한지 하지께 여쭈어 봐. 늦게 일어나서 미안해……. 뭐 내가 할 일은 없을까?"

"누가 널 보고 뭐라 하든? 네가 할 일은 없다. 아침상은 다 차렸어. 어서 세수나 하렴."

"그런데 엄마! 내 선물은? 그것 때문에 나 늦잠 잤단 말이야."

"선물?"

"응, 선물. 편지에 했었잖아? 내 선물 사가지고 온다고. 아침 먹고 줄 거지?"

"……."

엄마와 진징이 주고받는 소리를 듣고 하지가 부엌으로 들어서며 큰 목소리로

"아가, 네 선물은 아비가 읍내 가게에 맡겨놓고 왔다는구나. 내가 아침을 먹고 부리나케 가져오마. 아비는 오늘 바빠서 읍내에 나갈 수 없대요. 괜히 엄마에게 보채지 마. 어미는 아기에게 진즉에 말해주지 않고……"

라고 한마디를 남기며 부엌을 나갔다.

엄마는 하지의 뒷모습을 멍하니 바라보고 서 있었다.

"엄마, 그랬어? 선물은 뭐야?"

"으응? 너 뭐랬니?"

"내 선물이 뭐냐고."

"아, 선물 말이구나. 하지께서 가져 오신다지 않니?"

"아유, 답답해. 빨리 보고 싶어!"

엄마는 한껏 신바람이 나 있는 진징을 물끄러미 쳐다보고 있었다.

하지는 아침밥을 먹자마자 읍내에 다녀오겠다며 자전거를 잡았다.

진징은 조금이라도 빨리 장난감을 보고 싶은 마음에

"하지, 나도 같이 가."

하며 하지에게 달려들었다.

"아니다. 아기는 엄마랑 집에 그냥 있어……. 내 이런 줄 알았지. 이 녀석이 엄마를 기다린 게 아니라 선물을 기다렸다니까! 허히, 내 빨리 다녀오마."

아빠는 하지의 등에 대고 무슨 말인가를 하고 싶은 듯 "아버지……" 하고 부르자, 하지는

"걱정 마라. 내 다 알고 있다. 다녀오마."

하고 재빨리 집을 나섰다.

진징이 우리들 곁으로 다가왔다. 싱글벙글 웃음이 얼굴에 가득했다.

"조금만 기다려. 곧 하지가 내 선물을 가져오실 거야. 그래서 읍내에 가셨어. 누구 먼저 보여줄까? 너? 너? 호호."

나는 생각했다. 틀림없이 '가마 너부터!' 하며 만져보도록 내줄 것만 같았다.

진징은 이웃 아이들에게 아직 받지도 않은 선물과 곧 학교에 다니게 된다는 걸 자랑하고 싶어 집을 뛰쳐나갔고, 설거지를 마친 엄마는 아빠와 댓돌 위에 나란히 앉아 도란도란 얘기를 나누었다. 엄마는 말보다 한숨이 더 많았다.

"여보! 앞으로 우린 어떻게 살아요?"

"......."

"진징 아빠, 여보, 난 죽고만 싶어! 우리가 어떻게 번 돈인데……."

엄마는 앞치마로 눈물을 계속 찍어냈고, 아빠는 아무런 대꾸도 없이 한숨을 쉴 뿐이었다.

"나도 속상한 것은 마찬가지야."

"여보."

"아버지 말마따나 잊어야지 어떻게 하겠어. 하는 수 없지……. 나쁜 놈들!"

아빠는 두 주먹을 움켜쥐고 부르르 떨었다.

우리들은 '거 봐. 거 봐. 무슨 일이 있다니까!' 하며 엄마와 아빠의 말에 귀를 기울였다.

"너무 걱정하지 마. 우리가 언제 돈 있어 살았나? 그리고 내가 있잖아? 내가 앞으로 더욱 열심히 일 할게. 나를 믿어!"

"그렇지만……."

"자꾸 하지나 진징이 앞에서 눈물 짜고 한숨 쉬지 마. 하지께서 저렇게 우리를 위로하시고, 진징은 아무것도 모르는 철부지인데……."

"어유! 어쩌면 당신은 그렇게 태평한 소리만 해요. 그 돈이 어떤 돈인데. 앞으로 진징이 학교에도 보내야 되고 소도 몇 마리 살 돈인데……. 아이, 속상해. 그런데도 당신은……."

"그럼 당신은 계속 머리 싸매고 누워 울기나 해요. 그러면 도둑맞은 돈이 굴러들어올 테니까."

아빠는 엄마의 등을 떠밀면서 방으로 들어가라는 시늉을 했다.

우리들은 서로 얼굴을 쳐다보며 '아빠가 방금 뭐라고 하셨어?', '뭐? 돈을 도둑맞았다고?', '아니 어쩌다?', '어디서?', '언제?', '왜?', '그래서 엄마가 울고불고 그러셨구나!' 하며 둥우리 속에서는 한동안 옥신각신 소동이 벌어졌다.

동네 골목을 쏘다니며 이런저런 자랑을 하고 다닌 진징이는 이마에 땀을 흘리며 집으로 돌아왔다. 이마며 목에 땀 젖은 머리카락이 달라붙어 있는 얼굴로 방긋방긋 웃고 있었다.

잠시 후에 하지가 커다란 종이가방을 들고 마당으로 들어섰다.

"와아, 하지다!"

진징이 쪼르르 달려가 잽싸게 종이가방을 받아들었다. 가방을 마루 위에 놓은 진징은 "엄마, 아빠 고마워요." 하니 예쁘게 눈을 반작이며 엄마에게 달려들어 뽀뽀를 해댔다. 아빠는 하지를 멍한 눈으로 바라보고 서 있었다.

하지는 빙그레 웃으며

"이런, 이런. 선물은 아비가 샀는데 뽀뽀는 엄마한테만 하네? 그리고 난 그것을 가져오느라 얼마나 힘들었는데. 허허허, 고얀 것! 어서 가방을 풀어보렴."

하고 가방을 진징 앞으로 당겨주었다.

우리들은 가방 안에 무엇이 들어있을지 궁금하여 견딜 수가 없었다.

가방을 열었다. 가방 안에서는 예쁜 종이로 포장한 두 개의 종이상자가 나왔다. 작은 상자를 조심스럽게 풀었다. 진징은 가슴이 떨리는지 상자 뚜껑을 열 때는 손을 멈추고 아예 눈을 감아버렸다.

"와—아!"

아주 예쁜 소녀 인형이었다. 어떻게 보면 진징을 닮은 것같이 보였다. 크고 동그란 눈과 오뚝하고 귀엽게 생긴 코, 약간 웃는 듯 도톰한 입술, 까맣고 긴 머리칼이 특히 그랬다. 진징은 인형을 가슴에 꼭 껴안고는 하지와 아빠와 엄마에게 돌아가며 뽀뽀를 했다. 모두 웃었다. 그러나 엄마의 눈은 젖어 있었고, 아빠는 아무 말도 없이 진징을 품에 안고 한동안 그대로 있었다.

"좋으냐?"

하지가 빙그레 웃으며 물었다.

"그럼!"

"어서 큰 것도 풀어 보거라."

진징은 마음이 들떠 허둥댔다. 인형도 놓기가 싫고 또 새로운 큰 상자를 풀려니 기쁜 마음을 주체할 수가 없는 모양이었다.

꽃무늬가 아기자기한 포장지를 뜯어내고 큰 상자를 열었다. 진징은 눈을 휘둥그레 뜨고 상자 안을 한참 들여다보았다. 또 한 번 놀라지 않을 수 없었다. 큰 상자 안에는 하지와 함께 읍내에서 보았던 그 예쁜 옷이 들어있기 때문이었다.

진징은 놀란 눈으로 하지를 쳐다보았다. 진징과 눈이 마주친 하지는

조용히 웃더니,

"네 아비가 용케도 네 맘을 알아차렸구나."

하며 아빠를 돌아다보았다.

곁에서 진징을 지켜보던 아빠는

"아버지!"

하고 한마디를 한 후 그만 고개를 푹 숙였다.

우리들 중 누군가가 '진징은 좋겠다. 좋겠어!' 하고 소리를 질렀다.

"아가. 선물로 새 옷을 사왔으니 한번 입어 봐야지?"

하지는 진징이 새 옷 입은 것을 퍽 보고 싶은 듯했다.

"더러워지면 어쩌려고? 학교에 갈 때 입을 거야."

"어서 입고 엄마 아빠한테 보여드려. 선물을 받으면 다 그렇게 하는 거여."

"더러워질 텐데……."

"네 어미가 깨끗이 빨면 되지 뭐. 뭘 그런 게 걱정이람."

"그럴까?"

방으로 들어간 진징은 새 옷을 갈아입고선 방문을 활짝 열더니 "짜아안" 하고 웃으며 나왔다.

정말 예쁘다. 나는 읍내에서 이미 새 옷을 입은 진징을 보았지만 처음으로 진징을 본 친구들은 환호성을 지르며 야단들이었다.

긴긴 봄날. 하루해가 저물고 있었다.

진징은 동네를 쏘다니느라 피곤했는지 저녁을 먹자 이내 새 옷을 머리맡에 가지런히 개어놓고 인형을 껴안고 잠이 들었다. 낚시 물질을 하지 않고 하루를 보낸 우리는 몸들이 거뜬하여 젊은 친구들은 힘이 남아도는지 꺄-악 꺄-악 노래를 부르고, 몸을 흔들면서 춤을 추는 녀석도 있었다.

해가 지자 마당에는 멍석이 깔리고, 모닥불을 피웠다. 동네 사람들이 몇 명 술병을 들고 찾아왔다. 오랜만에 아빠, 엄마를 만난 그들은 이야기꽃을 피웠다. 엄마는 쉴 새 없이 삶은 감자며 옥수수 등을 내왔고, 그들은 들고 온 술을 마시며 즐거워했다.

"얘기는 어르신한테서 들었어요. 세상에 그런 사람들이 있다니……. 아무튼 잘 돌아왔어요. 몸 성히 돌아왔으면 된 거지 뭐."

"그럼, 그럼. 사람이 억지로는 살 수 없는 거. 우린 이렇게 여기서 오순도순 살자고. 모두 고만고만하니 가난하지만 행복하잖아? 욕심 부리지 말고…… 어린 것들 키우면서 말이지."

평소에는 다툼도 더러 있었지만 동네 사람들은 아빠와 엄마를 위로하려고 애를 썼다.

"진징이네는 아직 젊고 건강하니 걱정할 것 없어. 또 누구보다 부지런하잖아?"

"고맙네요. 이렇게 찾아주시고. 반갑네요."

술 몇 잔을 마신 하지가 불콰해진 얼굴로,

"너희들보다 더 돈이 필요해서 가져간 거라고 생각혀……. 오죽하면 남의 돈을 훔치겠어……. 도둑놈들 역성드는 게 아녀. 허허, 세상에 그런 말이 있지 않든? '도둑질로 부자 되는 놈 없다'고. 잃은 것이 있으면 또 얻는 것도 있지. 세상에는 좋지 못한 사람들도 더러 있지만 착한 사람들이 훨씬 많거든! 그 일 때문에 속상해하고 미워하는 맘을 품으면…… 내 마음도 몸의 건강도 모두 도둑맞게 된단 말이여."

하며 먼저 자리를 떴다.

동네 사람들은 밤늦도록 아빠, 엄마에게 도시에서 겪은 일들을 얘기해 달라며 자리를 뜨지 못했다.

매일 아빠와 엄마는 해바라기, 목화밭에 나가서 낮은 품삯을 받고 일했고, 하지는 낚시를 하러 강에 나가 배를 탔다.

가도 가도 끝없는 벌판에 온통 해바라기 노란 꽃이 만발한 어느 무더운 날 오후였다.

아빠, 엄마가 도시에서 집으로 돌아오고 한 달쯤 지났을까. 두 명의 경찰(공안)이 오토바이를 타고 진징네 집으로 찾아왔다. 읍내 경찰서(공안국)에서 나온 경찰들이었다.

경찰들은 하지에게 반듯한 자세로 인사를 하였다. 경찰들이 아주 멋져 보였다.

"무슨 일로 우리 집엘 찾았소?"

"예, 어르신 아드님 이름이 오록 되시지요?"

"그렇소만……. 왜 그러시오? 일 나가고 집에 없는데. 아직 한 시간은 더 되어야……."

"잠시 읍내 경찰서에 우리와 함께 가셔야 하겠습니다."

"내 아들이 무슨 잘못이라도……?"

"아, 아! 아닙니다. 그런 게 아니라 우리가 아드님의 도움이 필요해서 그렇습니다."

아들의 도움이 필요하다는 경찰의 말을 듣고 하지는 다소 안심이 되는 모양이었다.

아빠가 지친 모습으로 돌아왔다. 마당에 경찰이 타고 온 오토바이와 깨끗한 제복을 차려입은 경찰들을 보고 아빠는 어리둥절하였다.

"이 사람이 내 아들 오록이요."

"아, 그러십니까? 오록 씨 초면인데 미안합니다. 우린 읍내 경찰서에서 나왔습니다. 피곤하시겠지만 우리와 같이 경찰서에 가서 몇 가지 협조를 해 주셔야 되겠습니다. 부탁합니다."

아빠는 경찰들을 아래위로 자세히 살펴보더니

"그러십니까? 하지만 신분증을 좀 보여주실 수 있습니까?"

"경찰 신분증을 말씀하시는 것이지요? 우리가 왜 경찰이 아닌 것 같습니까?"

"경찰 흉내를 내는 이들이 더러 있거든요. 불쾌하셨다면 미안합니다. 이해해 주십시오."

"아닙니다. 당연히 제시해 드리지요."

경찰은 저고리 주머니에서 신분증을 꺼내 아빠가 잘 볼 수 있도록 가까이 보여주었다. 신분증을 확인한 아빠는 알았다는 듯 고개를 끄덕이며 빙그레 웃었다. 경찰들도 웃었다.

"제가 최근에 하도 어이없는 일을 당하고 보니 사람들을 부쩍 의심하는 버릇이 생겼답니다. 그래, 제가 도와드릴 일이라는 게 도대체 무엇이지요?"

"아주 간단한 일입니다. 그러나 여기서는 좀 곤란합니다. 번거로우시더라도 경찰서에 우리와 함께 지금 가 주셨으면 합니다."

"여기서는 곤란하다면 어쩔 수 없지요. 가겠습니다."

아빠는 간단히 몸을 씻은 후 경찰 오토바이 뒷좌석에 올라타고 경찰서로 향했다.

아빠가 경찰들과 함께 떠나자 엄마는 아무래도 걱정스러운 듯

"아버님, 무슨 일일까요?"

하고 하지에게 물었다.

"낸들 아니? 너나 나나 마찬가지지."

"저는 경찰들이라면 어쩐지 죄를 지은 것도 아닌데 무서운 생각부터 들어요. 별일 아니겠죠?"

"지금은 경찰들도 옛날과는 많이 다르단다. 입은 옷부터 반듯하니 다르지 않던?"

"그렇기는 하지만……."

"경찰들도 우리를 위해 수고들을 하니, 우리도 그들에게 협조해 줄 것이 있다면 성심껏 도와주어야지. 그들 덕분에 우리 동네가 벌써 몇 년째 범죄 없는 평화로운 마을이 되었잖니? 고마운 일이지."

아빠가 경찰들과 함께 읍내 경찰서로 갔다는 소문은 삽시간에 동네에 퍼졌다. 수군대는 사람들도 있었다.

"진징이 아빠가 무슨 사고를 친 모양이야."

"남의 물건에 손을 댔다고? 그가 그럴 사람은 아닌데……."

"누가 알겠어? 도시에 일하러 나가서 무슨 일을 했는지."

"생사람 잡지 마소. 진징이 아빤 법 없이 살 사람이요. 내가 잘 알아요."

"열 길 물속은 알아도 한 길 사람 속은 모른답디다."

사람들 입방아는 아빠가 경찰차를 타고 집에 돌아와서야 끝이 났다.

경찰은 아빠에게

"협조해 주셔서 대단히 감사합니다. 큰 도움이 되었습니다. 결과는 좀 더 조사를 해 본 뒤에 다시 연락드리겠습니다. 그럼 이만 돌아가겠습니다. 안녕히 계십시오."

하고 거수경례를 한 뒤 그들은 떠났다.

경찰들이 떠나자 동네 사람들이 우르르 아빠 곁으로 모여들었다. 험담 입방아를 찧던 사람들은 조금 무안했던지 엉거주춤하니 뒤에 서서 무슨 말이 나오나 귀 기울여 듣기만 했다.

엄마는 아빠가 아무 일 없이 속히 돌아온 것이 다행이라고 생각하는 것 같았다.

"시장하겠네요. 어서 저녁밥 드세요."

하며 부엌으로 들어갔다.

아빠는 모여든 사람들을 둘러보더니

"여러분들께서 이렇게 늦은 시간까지 저를 기다리며 염려해 주시니 감사합니다. 아무 일도 아닙니다. 경찰들이 사건을 처리하는 데 어려운 점이 있다기에 제가 참고인으로 좀 도와주고 돌아왔습니다. 큰 도움이 되었다고 합니다. 그럼, 내일 뵙겠습니다."

하고 사람들을 향하여 가볍게 인사를 하였다.

동네 사람들은 복잡하고 흥미진진한 구경거리를 기대했다가 일이 싱겁게 되자 뿔뿔이 흩어졌다. 동네사람들은 언제나 그랬다. 남이 힘들고 슬픈 일을 당하여도 흥미를 기대하고 구경하려고 모여들었다. 남의 집에 불이 나서 주인은 발을 동동거리며 울부짖어도 불 구경꾼이 모여들듯…….

늦은 저녁. 식탁에 식구들이 오랜만에 한자리에 둘러앉았다. 아빠는 배가 고팠던지 허겁지겁 밥을 먹었다.

"좀 천천히 드세요. 그러다가 체하겠어요. 여기 물 있어요."

엄마는 웃으면서 아빠에게 주의를 주었다. 엄마에게 주의를 받는 아빠를 쳐다보며 하지도 진징이도 따라 웃었다.

아빠는 주춤하고 식구들을 둘러보다가 씨익 웃더니

"사실은 좀 배가 고팠거든. 미안."

하며, 정말 고픈 시늉으로 배를 쓸었다. 모두 한바탕 웃었다.

"그런데 경찰들은 왜 아비를 오라던?"

하지는 그 일이 못내 궁금했던 모양이었다.

"아, 예. 사실은……."

아빠는 말을 꺼내려다 멈추고 진징을 쳐다보았다. 눈이 마주치자 진 징은 동그란 눈을 더욱 반짝였다. 아빠는 반짝이는 진징의 눈을 잠시 바 라본 후 무슨 결심이라도 한 듯 입을 열었다.

"사실은…… 경찰서 유치장에 갔더니……."

"유치장엘? 갔더니?"

하지와 엄마는 답답했다. 진징은 눈동자를 이리저리 굴리며 어른들 표정을 살폈다.

"경찰들과 함께 유치장엘 갔더니 거기에는 여기저기에서 잡혀온 사 람들이 여럿 있더군요. 경찰은 나에게 저놈들 중, 낯익은 놈이 있느냐고 물었습니다. 찾아보려고 기웃거렸지만 워낙 여럿이라 쉽지가 않더라고 요. 그런데 유독 한 사람. 한 사람이 눈에 밟혀요. 아마 당신도 보았다면 혹시 기억이 났을지 몰라."

하며 아빠는 엄마를 돌아보았다.

"그게 누군데요?"

엄마는 의외란 듯 아빠를 똑바로 쳐다보았다.

"왜 우리가 기차를 타고 올 때, 삶은 달걀을 건네주며 친절을 베풀던 청년. 그 사람 코털이 유난히 길다고 당신이 흉봤던 사람. 기억나오?"

코털이 길다는 말에 진징은 깔깔대고 웃었다.

"얼굴은 모르겠지만 코털은 기억에 생생해요. 그 청년이 왜요?"

276

"그 청년이 글쎄 거기에 잡혀와 있더라니까!"

"그 청년이 잡혀와 있어요?"

"그렇더라니까."

아빠는 그 청년의 코털 때문에 어렵지 않게 그 사람이 기억나 경찰들에게 그 사람을 지목했다고 말했다.

하지는 밥 먹는 일도 멈추고 아빠와 엄마가 주고받는 얘기를 흥미롭게 들었다.

"그런데 말이요. 더욱 놀라운 것은…… 허, 차ㅡ암!"

"그 일 말고 놀라운 일이 또 있어요?"

"그렇다니까. 그 청년을 지목해 주고 경찰들과 사무실에 들어갔는데 말이요. 아, 글쎄 거기에 압수해 놓은 여러 물건 중에…… 기막혀서 글쎄, 우리가 잃어버린 가방이 거기에 있더란 말입니다!"

"에엣!?"

엄마는 깜짝 놀라 입을 다물지 못했다.

듣고만 있던 하지도

"너희들이 도둑맞았다는 그 가방이 압수되어 경찰서에 있더란 말이지?"

하며 놀라워했다.

"돈은?"

하고 엄마는 크게 외치며 울기 시작했다.

진징은 엄마가 집에 돌아와 왜 그렇게 울었으며 아빠가 한숨을 쉬었는지 조금은 알게 되었다. 진징은 엄마를 따라 흘쩍거렸다.

"가방은 우리 가방, 그 자주색 가방이 분명한데 빈 가방이었어."

"그럼 우리 돈, 우리 돈은 어디 있고요?"

"가방 안에는 돈뿐만 아니라 다른 아무 것도 없었어. 빈 가방뿐이었어. 가방에는 꼬리표를 붙여 거기에 물증번호를 써 놓았더군."

엄마는 고개를 살래살래 흔들며

"난 그딴 꼬리표 같은 거 관심도 없어. 우리 돈만 찾으면 된단 말예요."

하며 계속 눈물을 흘렸다.

"그 돈을 어떻게 해서 번 돈인데……. 진징이 선물도 진징이를 앞세우고 읍내에 가서 우리 진징이가 좋아하는 것을 사주려고 한 푼도 낭비하지 않고 모은 돈인데……. 그 청년이 틀림없을 거야. 그 청년이 도둑놈일 거야. 틀림없어."

"아직 단정할 수는 없어. 경찰들이 조사하고 있으니 밝혀지겠지. 그놈들이 그 헌 가방이 탐나서 훔쳐갔겠어? 돈을 어떻게 처분했는지 경찰이 조사한 후 결과를 통보해 준다고 했으니 기다려 봅시다. 그 돈을 놈들이 모두 써 버렸어도 어쩔 수 없는 노릇이고."

아빠의 얘기를 다 듣고 난 하지가 조용히 말했다.

"도둑놈들은 마땅히 벌을 받겠지. 돈은 이미 잃어버린 돈이다. 찾지 못할 것으로 생각해라. 속상하겠지만 잊어버려라. 지난 한 달 동안 속상한 것으로 충분하다."

엄마는 하지를 힘없이 바라보더니

"아버님, 저희는 큰 꿈을 꾸고 있었어요. 그 꿈이 한순간에 다 날아갔어요. 속상해요. 잊지 못할 거 같아요. 아버님 말씀이 제 귀에는 안 들려요."

라고 말하고는 고개를 숙였다.

"내 다 안다. 너희들만 속이 아프겠니? 자식이 아프면 그 부모는 곱절로 아픈 거란다. 나도 네가 우니 마음이 좋지 않구나."

하지는 흘쩍이는 엄마의 어깨를 토닥여 주었다.

우리들은 졸린 눈을 부비며 그 얘기를 다 들었다. 그렇게 많은 말이 오갔던 하루. 소란스런 날이었지만 밤은 다시 조용히 깊어갔다.

진징은 날마다 새 옷을 한 번씩 입어봤다. 엄마, 아빠가 일하러 나가면 예쁜 새 옷을 입고 거울 앞에서 웃어도 보고 예쁘게 인사도 해 보며 생글생글 웃어댔다. 그렇게 한참 북새통을 벌이다 그 옷을 벗어 다시 가지런히 옷걸이에 걸어놓았다.

"그렇게 마음에 드니?"

하지가 물으면

"하지, 내가 저 옷을 얼마나 입고 싶었는지 모르지?"

하며 눈을 찡긋해 보이며 웃었다.

낚시를 나가려고 주섬주섬 도구를 챙기는 하지에게 진징이 물었다.

"하지! 그런데 말이야. 저 옷 아빠가 사오셨어?"

하지는 힐끗 진징을 쳐다보더니 별 대수롭지 않은 것도 다 묻는다는 듯 시큰둥하게 "그럼!" 하고 대답했다. 그러자 진징은 고개를 갸우뚱하며,

"정말이야?"

하고 하지를 똑바로 쳐다봤다. 하지는 진징의 눈길을 슬쩍 피하며

"정말이지 않고……. 그런데 왜 그걸 물어?"

하고 진징의 대답을 기다렸다.

하지를 자꾸 쳐다보며 고개를 갸우뚱거리던 진징은

"하지는 아빠가 사오셨다고 하지만 아빠나 엄만 대답은 하지 않고 그냥 웃기만 하고……. 하지는 아빠가 정말로 사오셨다고 하고……. 나는 어젯밤에 한숨도 못 잤단 말이야."

하고 고기망태를 집어든 하지의 팔을 잡았다.

"아, 그러셨어? 우리 공주가 잠을 못 주무셨어요? 저런 저런, 어쩌나?"

하지는 진징을 놀렸다.

"엄마, 아빠가 돈을 몽땅 도둑맞았다고 했잖아? 아빠는 돈도 없으면서…… 무슨 돈으로 내 옷을 사오신거야……. 불쌍한 우리 아빠!"

진징은 아빠의 얼굴을 마음속에 그려보려는지 눈을 지그시 감았다.

"고마우냐?"

"으응."

"아빠, 엄마는 우리 아기한테 더 좋은 옷을 못 사주어 미안해하던걸!"

"그랬어?"

진징은 무슨 결심이라도 하는 것처럼 입을 굳게 다문 채 하늘을 바라보았다.

강에는 낚시하는 배들이 많지 않아 조용했다. 날씨가 무덥기 때문에 물고기들이 통 잡히질 않았다. 물고기들도 날씨가 더우면 시원한 수초 사이에서 더위를 피하느라 외출을 하지 않는 모양이었다.

아침나절부터 더위가 기승을 부렸다. 우리 가마우지들은 털옷을 입고 있어 여간 더운 게 아니었다. 풋내기들은 더위를 참지 못하고 일어서서 날개를 펴고 까불댔다. 이런 때는 물에 들어가 수영이라도 하면 좋으련만…….

하지는 우리 마음을 알아차리기라도 하셨는지 장대 위에 나란히 앉아 있는 우리에게 "옳지!" 하고 소리를 질렀다. 고기를 잡으라는 소리는 분명 아니었다. 그 목소리를 들으면 우리는 알 수 있다. 그 소리에 우리는 누가 먼저랄 것도 없이 앞다투어 풍덩풍덩 물에 뛰어들었다. 역시 물속에는 고기들이 보이지 않았다. 우린 이리저리 쏘다니며 물놀이를 즐겼다.

"저놈들 아주 살판났군!"

"시원하겠다. 하지, 나도 수영이나 할까?"

배 위에서 하지와 진징은 우리가 노는 것을 보며 웃었다.

하지는 배를 강가 큰 나무 그늘 밑에 대어 놓고

"에라, 나도 몸 좀 식혀야 되겠다."

하고는 옷을 훌훌 벗고 강물에 뛰어들었다. 하지는 우리 동네에서 수영을 가장 잘할 것이다. 단번에 강 건너 언덕을 밟고 쉬지 않고 뒤돌아오는 사람은 하지밖에 아직 보질 못했으니까.

지난여름에 도시에 나가 사는 이웃집 아이들이 방학을 맞아 고향집에 돌아와 물놀이를 하다 그만 물에 빠져 큰일을 당할 뻔한 일이 있었다. 그때 하지가 구해주지 않았다면 아마도 그 물 먹은 아이는 죽었을 것이다. 큰비가 온 뒤라 물살이 빨라 배를 그곳으로 저어가기가 어려워 사람들은 누구 하나 감히 물에 뛰어들지 못하고 발만 동동 구르며 안타까워하고 있을 때, 늙은 우리 하지는 그 아이가 허우적거리는 것을 본 순간 지체없이 물에 뛰어들었고 결국은 힘겹게 구해냈다.

우리는 얼마나 가슴 졸였던가. 그때 일을 생각하면 지금도 아뜩하다. 하지는 많은 사람들로부터 박수를 받았다. 하지만 소식을 듣고 달려온 엄마는 크게 걱정을 하며 하지를 나무랐다.

"그러다가…… 그러다가 어찌려고 그리세요? 어머님 돌아가셔서 아직도 눈물이 마르지 않는데 아버님마저……. 앞으로 당최 그러지 마세요. 아버님이 어떻게 되시면 우리들은 모두 죽어요!"

울상이 되어 하지의 팔을 잡고 흔들어대는 엄마의 안타까움을 아는지 모르는지

"알았다! 알았어!"

라고만 되풀이하며 껄껄 웃기만 했었다. 마치 아이가 장난치며 놀다가 아끼는 그릇을 깨고 엄마에게 꾸지람을 듣고 서있는 꼭 그 꼴이었다. 그때 하지가 혼잣말로 중얼거리는 소리를 나는 들었다.

"아이가 죽어가고 있었는걸!"

어쩌면? 아니, 그런 일이 또 터진다면 틀림없이 하지는 또 물에 뛰어들 것이다. 나는 하지를 잘 알고 있다. 하지는 늘 그랬다. 그때마다 엄마, 아빠는 하지를 타일렀고, 하지는 껄껄 웃어넘겼었다.

바람에 나부끼는 은사시나무 잎은 햇빛을 받아 반짝였다. 나무 밑에 끝없이 펼쳐진 해바라기밭. 땅은 온통 노란 해바라기꽃으로 덮였다. 황금 바다라고나 할까? 바람이 불면 황금물결이 일렁이었다. 푸시허 파란 강물과 그 강을 따라 펼쳐진 해바라기 꽃 황금물결은 사이좋게 흐르고 있었다.

수영을 마치고 물에서 나온 하지와 진징은 기분이 매우 좋아 보였다.

"아가, 새 학기가 되면 학교에 가야지?"

진징은 하지를 보며 방끗방끗 웃기만 했다.

"학교에 가면 선생님 말씀도 잘 듣고, 글도 배우고, 노래도 배우고, 춤도 배우고……. 우리 아기는 참 좋겠구나. 그렇지? 또 키도 무럭무럭 자랄 것이고……."

하지는 예쁘게 성장한 숙녀 진징을 마음속에 그려보는지 빙그레 웃으며 진징을 바라보았다.

그러나 진징은 말없이 그런 하지를 물끄러미 바라보더니

"우리 집에 무슨 돈이 있어!"

하며 강 건너 해바라기밭으로 눈길을 돌렸다.

무더운 날씨가 며칠 계속되더니 비가 내렸다.

비 오는 날은 휴식을 취하기 십상이다. 더위 때문에 모든 것들이 기진맥진할 때 내리는 비는 그야말로 하늘의 보살핌이 아닐 수 없다. 시들었던 모든 것들이 싱싱하게 다시 힘을 얻는다. 땀 흘려 일한 후 고단한 몸을 누이고 쏴아 소리를 내며 내리는 빗소리를 듣고 있노라면 빗소리 그 자체가 시원하고 달콤하다.

진징이네 온 식구가 마루 끝에 나란히 앉아 처마에서 떨어지는 물방울을 바라보고 있었다. 둥우리 속에 나란히 앉아있는 우리들과 크게 다르지 않다고 생각되어 나는 웃었다.

"우리 진징. 엄마 없을 때 이 손으로 빵을 곧잘 구웠다면서?"

엄마는 작은 진징의 손을 잡아 엄마의 가슴에 대어 보았다.

"하지가 그러셨지?"

"그래. 네가 구운 빵 맛이 천하제일이라고 하셨다. 그러셨죠? 아버님."

"그럼. 우리 아기가 구운 빵 맛이 천하제일이지!"

하지는 눈웃음을 지으며 입맛을 다셨다.

"나도 진징이 만든 그 빵 맛 좀 볼 수 없을까?"

하며 아빠도 끼어들었다.

우리도 진징이 나누어 주어서 먹었던 빵 맛을 생각하니 갑자기 빵이 먹고 싶어졌다.

칭찬을 들은 진징은 슬그머니 일어나더니

"엄마, 우리 빵 만들자!"

하며 엄마를 졸랐다.

식구들은 진징을 쳐다보며 모두 웃었다.

엄마와 진징은 빵을 만들기 시작했다. 진징은 반죽 그릇을 독차지하여 끌어안고 열심히 반죽하는 일을 했다. 콧등에 분칠한 진징의 얼굴을 보며 또 한바탕 웃었다.

빵이 다 구워지자 진징은 어김없이 커다란 빵을 하나 들고 우리 곁으로 다가와

"엄마랑 나랑 같이 만든 거야. 더 맛있을 거야."

하며 우리들에게 나누어 주었다. 빵은 정말 맛있었다.

"이 빵이 진징이가 만든 빵이란 말이지? 어디 한번 맛 좀 볼까?"

하며 아빠가 덥석 한 입 물더니 그대로 멈춘 채 눈을 크게 뜨고 놀라는 시늉을 했다. 진징은 아빠의 입에서 무슨 말이 나올까 하여 초조해했다.

"아빠, 맛이 어때요?"

"정말이네. 정말 천하제일인데!?"

아빠는 엄지손가락을 치켜 올렸다.

"호호, 엄마랑 나랑 같이 만든 거라 더 맛있어. 내가 만든 것은 엉망이었어. 나도 알아."

하지는 손을 내저으며

"허허, 내 입에는 우리 아기가 만든 것이 훨씬 더 좋기만 하더라. 내입에 맞으면 천하제일이지."

하고 칭찬을 하였다. 진징은 눈을 찡긋거리며 하지를 보고 웃었다.

"우리 진징은 학교에 보낼 게 아니라 시집을 보내야 되겠어. 살림꾼 다 됐네!"

아빠는 딸을 바라보았다.

"아빠, 내가 시집가기에 너무 늦지 않았어?"

"뭐? 허, 허, 허, 늦은 거 같아? 왜 그렇게 생각하지?"

진징은 엄마를 슬쩍 바라보더니 눈을 까막거리며

"으음, 엄마는 너무 어려서 아무것도 모르고 일찍 시집왔다고 했거든? 그런데 나는 글자도 쓸 줄 알고 빵도 구울 줄 알아. 그러니까 시집 가기엔 늦은 거지."

하고 말하자 식구들은 배꼽을 쥐고 집이 떠나갈 듯 한바탕 웃었다.

너무 웃는 바람에 눈물까지 흘리던 엄마가 말했다.

"그래, 그래. 호호, 그래. 난 너무 어린 나이에 시집왔어. 정말 아무것도 몰랐었지!"

"정말 엄만 아무것도 몰랐었어?"

진징은 엄마가 딱하게 보였던지 엄마의 손을 잡아주었다.

아빠가 한마디했다.

"우리 진징, 너 때문에 내가 웃는다."

하지도 한마디하며 일어섰다.

"오랜만에 사람 사는 것 같다. 그래, 우리 언제나 오늘처럼 웃으며 살자꾸나."

밖엔 비가 부슬부슬 내렸고, 집 안은 웃음꽃으로 환했다.

이튿날은 비가 개었다. 비가 내린 뒤라서 하늘은 맑았고 바람은 상쾌했다.

곧 학교에 다니게 될 거라며 진징은 마음이 들뜬 나머지 선물로 받은 옷을 입고 벗기를 자주했다. 구겨지고 손때가 묻은 것을 그냥 입히지는 못하겠다며 빨래를 하던 엄마가 진징을 놀리려고

"우리 진징, 학교에 가면 여러 사람들 앞에서 이름이나 크게 말할지

몰라?"

하고 말하자, 진징은

"난 내 이름을 쓸 줄도 아는데?"

하며 마당에 고인 빗물을 손가락에 묻혀 댓돌 위에 어설프기는 했으나 그림을 그리듯 이름을 썼다.

"오, 그렇구나! 제법인데?"

의기양양해하며 서있는 진징이 대견스러운지 엄마는 빙그레 웃었다.

강물이 불어 낚시는 할 수 없을 거라며 하지는 마루에 앉아있고, 아빠는 염소들에게 풀을 주고 있었다.

밖에서 요란하게 오토바이 소리가 나더니 경찰 한 명이 마당으로 들어서며

"영감님 안녕하십니까? 마침 아드님도 집에 계셨네요? 잘 되었네요."

하고 웃는 얼굴로 인사를 했다.

"아, 예, 안녕하쇼? 오늘은 또 무슨 일로……?"

"네. 지금 록 씨는 나와 함께 경찰서에 가시지요."

"왜요?"

"그건 경찰서에 가 보시면 압니다. 서두르세요."

"그럼 지금 이대로 가지요, 뭐."

경찰은 아빠를 오토바이 뒷자리에 태우고 집을 나갔다.

"엄마, 난 커서 경찰이 되고 싶어."

하며 진징은 오토바이가 동구 밖으로 사라질 때까지 바라보고 서 있었다.

"그래? 그것도 좋지. 그럼 요리사는? 아니 공주는 어떻게 하고?"

"경찰이 제일 멋져. 난 경찰이 꼭 되고 싶어!"

"그러렴. 요 변덕쟁이."

하지는 껄껄 웃기만 했다.

"아버님, 무슨 일일까요? 우리 돈도 찾을 수 없을 걸, 괜히 귀찮게……."

"조사할 것이 더 있나 보구나. 협조해 줘야지 뭐."

"그나저나 진징이 쟤, 학교에 보내려면 돈이 얼마나 든대요?"

"글쎄다. 큰돈이야 들겠니?"

"아무리 적은 돈이지만……. 그래서 생각한 건데, 내년에 보내면 안 될까요?"

"……."

"저희들이 열심히 일한다면, 내년쯤에는…… 별 무리 없을 텐데……."

"너무 걱정 마라. 하늘이 무너져도 솟아날 구멍이 있다지 않니? 우선 보내자꾸나. 아기가 저렇게 좋아서 들떠있는데……. 그리고 배움이란 때가 있느니라. 강물이 흐르는 것과 같은 것이다. 배움도 그 시기를 놓치면 다시는 오지 않지. 아직 기일이 좀 남았으니 궁리를 해 보면 무슨 수가 있겠지."

하지는 어려운 일이 하나도 없는 사람처럼 보였다. 물고기를 많이 잡지 못하는 날에도 우리를 꾸짖거나 한숨을 쉬는 일은 없었다. 그저 언제나 껄껄 웃었고 만족스러워했다.

낮닭이 울어대는 점심 무렵에

"여보! 여보!"

하며 아빠가 숨이 턱에 차서 뛰어 들어오며 엄마를 불렀다. 아빠는 소나기를 맞은 것처럼 땀으로 옷이 그만 흠뻑 젖어있었다. 우리는 모두 놀랐다. 눈을 동그랗게 뜨고 아빠를 쳐다보았다.

"우리 돈, 돈 말이야……."

아빠는 숨이 차서 말을 계속하지 못하고 침을 자꾸 삼켰다.

영문을 모르는 엄마는 걱정스런 얼굴로

"우리 돈이라뇨? 말씀 좀 해 봐요. 천천히……."

하며 얼른 물을 떠다 아빠에게 건넸다. 단숨에 물 한 대접을 벌컥벌컥 마셨다.

"찾았어! 우리 돈! 하하, 하하하! 우리 돈을 찾았다고! 하하하."

아빠는 너무 기뻐, 그 기쁨을 이기지 못하고 땅바닥에 뒹굴었다. 엄마는 정신이 나간 사람처럼 멍하니 서서 아빠를 쳐다보았다. 한참을 뒹굴다 일어선 아빠는 진징을 냅다 품에 끌어안고 또다시 마당을 펄떡펄떡 뛰어 다니며 웃어댔다. 마치 미친 사람처럼……. 숨을 몰아쉬며 마음을 조금 진정시킨 아빠는

"우리 돈을 찾았어요. 경찰들이…… 글쎄 우리 돈, 우리 돈을!"

하고, 아직도 흥분을 가라앉히지 못한 얼굴로 하지와 진징을 둘러보았다. 엄마는 두 손으로 얼굴을 감싼 채 쪼그려 앉아 어깨를 들썩이며 흐느꼈다. 우리는 '찾았어! 찾았어!' 하며 둥우리 속에서 아빠 흉내를 내며 뒹굴고 뛰었다. 한동안 소란을 피웠다.

말없이 아들을 바라보던 하지는

"고마운 일이구나!"

하며 마루에 걸터앉았다.

한참을 그렇게 앉아 흐느끼던 엄마는 밝은 얼굴로

"아유, 저 옷 좀 봐. 그렇다고 땅바닥에 뒹굴 것까지야……."

하며 웃어댔다. 그제서 아빠는 옷이 흙투성이 된 것을 알아차리고 조금 겸연쩍어 하며

"무슨 소리야. 내가 그 돈을 벌려고 공사장 땅바닥을 얼마나 뒹굴었었는데……."

하고 또 웃기 시작했다.

조금 전까지만 해도 한숨을 쉬며 진징이 학교 갈 문제로 걱정이 태산이던 엄마와 하지의 얼굴이 환하게 빛났다.

"당신 말이 맞았어. 그 코털이 틀림없었어. 그놈이 바로 우리 가방을 가져갔던 도둑놈이었어. 나쁜 놈!"

"그런데 경찰이 어떻게 그놈이 우리 돈 훔쳐간 걸 알고 잡았대요? 용하네!"

엄마는 고개를 도리질하며 신기해하였다.

"우리가 정거장에 내렸을 때, 우린 그때서야 가방을 잃어버린 줄 알았잖아? 어찌나 당신이 울고불고했던지 역장까지 달려왔으니까. 그날 우리는 몰랐는데 도둑을 당한 사람들이 여럿 되었던 모양이야. 그런데 다음 날 그놈이 역에서 잡혔지 뭐야. 꼬리가 길었어……. 경찰들이 조사를 했지. 지난번에 내가 경찰서에 가서 확인해준 것이 큰 도움이 되었던 거야. 아무튼 어떻게 조사를 했는지 자세한 건 나도 몰라. 경찰들 일이니까."

"그래, 돈은 다 찾을 수 있대요?"

역시 엄마는 재미있는 아빠의 얘기보다는 돈에 관심을 두고 있었다.

"글쎄 그놈이 가방은 정거장 화장실에 버리고 돈만 쏙 빼갔어."

엄마는 참지 못했다.

"아이고, 답답해! 우리 돈은요?"

"그놈은 돈을 플라스틱 봉투에 넣어 그놈 집 뒤에 있는 대나무밭에 묻어두었던 거야. 한 푼도 빼지 않고. 경찰이 그걸 거기서 찾아냈지. 경찰들 수사 실력은 정말 대단해! 우리 돈은 경찰들이 직접 우리 집으로 오늘 오후에 가지고 올 거야. 아! 이제 됐어."

"잘되었구나!"

하지는 짧게 한마디를 남기고 강물이 얼마나 불었는지 보고 오겠다며 밖으로 나갔다.

뒷짐을 하고 나가는 하지를 향하여 엄마가 외쳤다.

"아버님! 점심 준비할 테니 빨리 들어오세요?"

엄마의 목소리는 낭랑했고 힘이 있었다.

아침부터 부산했다.

진징은 엄마가 빗겨준 머리를 귀엽게 찰랑이며 새 옷으로 갈아입고 엄마와 아빠 그리고 하지가 방에서 나오기만을 기다리며 마당을 아까부터 서성였다. 가방을 둘러멘 모습은 정말 예뻤다.

진징이 학교에 가고 나면 심심할 것을 생각하며 우리는 시무룩하여 앉아 있었다. '저렇게 똑똑하고 착한데 뭘 더 배운다는 거야.', '내 말이. 앞으로 살아가는 데 뭐가 더 필요하다는 건지…….'

진징이 둥우리 곁으로 와서 자랑하였다.

"나 오늘 학교 간다!"

우리는 못 들은 척하며 아무 대꾸도 하지 않고 목을 축 늘이고 눈을 감고 있었다.

"얘들아! 가마, 나 오늘 학교 간다고!"

진징은 소리쳤으나 우리는 들은 체도 하지 않았다. 그러자 진징은 입을 삐죽거리며 말했다.

"왜 그러는데? 내가 학교 가는 게 싫어? 샘이 나서 그래?"

"……."

진징은 우리의 마음을 몰라도 너무 몰라주었다.

우리가 축 처진 모습으로 엎드려 있으니 걱정이 되었는지

"어디 아프니?"

하고 물었다.

그러나 우리는 대답을 하지 않았다. 그러자

"너희도 학교에 가고 싶어서 그래?"

하며 웃었다.

우리는 인제야 우리의 마음을 알아차린 진징에게 '맞아! 맞아! 우리도 학교에 가고 싶어!' 하며 날개를 푸닥거리고, 발을 구르며 소리를 질렀다.

학교는 하지와 함께 가기로 했다.

하지가 깨끗이 손질한 옷을 입고 방에서 나오더니 진징을 불렀다.

"아가, 이제 가자."

그러자 진징은 아빠, 엄마에게 공손하게 인사를 한 후 하지의 손을 잡고 사립을 몇 걸음 나서더니 하지의 손을 뿌리치고 우리 곁으로 달려왔다. 하지와 아빠, 엄마는 갑작스런 진징의 행동에 놀랐다.

둥우리 곁에 우두커니 서 있던 진징은

"하지, 가마도 학교에 함께 가면 안 될까?"

하고 하지의 손을 잡고 둥우리 곁으로 끌고 왔다.

"뭐야? 이놈들을 학교에 데려가자고?"

"으응, 하지. 같이 가고 싶어!"

"학교는 이놈들이 가는 곳이 아냐. 안 된다."

"치, 그런 게……. 하지, 하지. 같이 가고 싶어!"

하지는 난처했다. 진징의 고집을 잘 알고 있었다. 학교에 가는 첫날, 손녀의 마음을 우울하게 하고 싶은 생각은 조금도 없었기 때문이다. 진징은 벌써 눈이 젖어 있었다.

"저런, 저런, 학교에 가마우지를 데리고 가는 사람이 세상에 어디 있어? 괜히 하지께 떼쓰지 말고 늦기 전에 어서 학교에 가도록 해! 아버님, 못 들은 척하세요."

"허허. 저런 엉뚱한 녀석 좀 봐. 괜히 하지 속 썩이지 말고 어서 나서. 아버지, 출발하세요."

그러나 진징은 입을 굳게 다문 채 하지가 움직이지 못하도록 작은 손에 힘을 주어 하지의 팔을 잡고 놓지 않았다.

하지는 껄껄 웃으며 진징의 얼굴을 가만히 들여다보았다.

"아가, 정말 저놈들을 데려가고 싶으냐?"

진징은 그저 고개만 끄덕였다.

"학교에 가서 말썽부리면 어쩌지?"

진징은 우리를 쳐다보았다. 무슨 말을 하고 싶어 하는지 알 것 같았다.

우린 '걱정 마! 걱정 마!' 하며 날개를 펴고 흔들며 그럴 일은 없을 거라고 알려주었다.

"하지, 걱정부터 해? 걱정 마. 말썽부리면 오늘로 끝이야."

웃어대는 아빠와 엄마를 뒤로하고 우리들은 춤을 추며 진징의 뒤를 따라 학교를 향하여 걸어갔다.

백양나무 잎들도 손을 흔들었고, 해바라기들도 환하게 웃어주었다.

파라산문

아들의 눈물, 엄마의 아픔
― 이은경

사모곡(思母曲)
― 박목철

갈매기 우는 바닷가
― 신상만

이은경

대한문학세계 수필 부문 등단
대한문학세계 신인문학상 수상
대한문인협회 올해의 작가상 수상(2014)
대한문인협회 시화전 초대문인 선정(2014)
『파라문예』 10호, 『대한문학세계』, 『한비문학』에
작품 발표
서울여자대학교, 건국대학교 사회교육원 도예과정
수료 후 작품 활동 중(인사동 도예전 3회 참가)

아들의 눈물, 엄마의 아픔

전국대회 준비를 위해 동계훈련을 떠난 아들을 보러 의령을 다녀온 것이 며칠 전입니다.

남편이 평일에는 시간을 내기 어려워 주말을 이용해 어려운 짬을 낸 것입니다. 형편이 비슷한 두 분 어머니께서 함께 동행하셨습니다. 한 분은 선배의 어머니이고 한 분은 동료 어머님이신데, 게임 시간에 맞추기 위해 새벽부터 서둘렀습니다.

동병상련이라고, 운동하는 아들을 둔 부모 입장은 대개 비슷한가 봅니다. 자식에 대한 걱정을 같이하는 까닭에 서로에 대한 이해가 바탕이 되어 가는 동안은 걱정도 잠시 잊고 시간 가는 줄 모르는 즐거운 시간이었습니다.

1박 2일, 아들의 경기를 지켜보는 내내 마음은 그리 가볍지 않았습니다.

'다치지 말고 건강하게 잘 있다 왔으면.'

이런 걱정은 운동하는 자식을 둔 모든 엄마의 마음이 아닐까 합니다.

그렇게 다녀온 지가 바로 며칠 전입니다. 저녁을 먹고 있는데 카톡의 신호음이 울려서 보니 의령에서 훈련 중인 아들이 보낸 메시지입니다. 게임이 끝나고 막 숙소에 도착했다는 내용이었습니다.

의례적으로 묻는 문자를 보냈습니다.

'오늘 게임은 어땠니? 잘했고? 실수는 없었겠지?'

녀석은 긍정적인 편이라 당연히 '응, 엄마 나 잘했어요, 칭찬도 받고.' 이런 대답을 기대했는데 뜻밖에도,

'아니, 못했어. 내가 실수해서 한 골 먹었고……'

뭐라 답을 해야 하나, 망설이는 사이 두 번째 카톡 음이 울렸습니다.

'엄마 지금 너무 힘들어요. 하려 해도 잘 안 되고, 요즘 너무 힘들어요. 운동이 힘든 게 아니라 실수로 혼나는 것도 힘들고 스트레스야. 자존심도 너무 상해요.'

짧은 시간이었지만 많은 생각이 미리 찍어둔 동영상을 보는 듯 머리를 스쳐 지나갔습니다. 문자로 할 사안이 아니라 생각되어 물었습니다. 통화가 가능하냐고.

전화벨이 울려서 받았더니 옥상으로 나왔다고 했습니다.

"무슨 일이 있는 거냐? 왜 그래, 뭐가 힘든 거야?"

다급한 마음에 정신없이 물었습니다.

잠시 침묵 후, 수화기 너머에서 뜻밖에도 울음소리가 들려왔습니다. 흐느끼느라 말도 잇지 못하고……. 뜻밖의 아들 울음에 제 가슴도 찢어지는 것 같았습니다. 한참을 망연자실했습니다. 뭘 어떻게 해야 할지…….

한참을 울게 한 뒤 정신을 추슬러 물었습니다.

"왜 그래? 무슨 일이 있는 거야?"

아들은 요즘 들어 짜증이 나고 뭘 해도 마음대로 되지 않는다고, 자신도 답답하다는 하소연을 하는 것입니다. 한편으로 마음이 놓였습니다.

큰일이 나진 않았구나 하는 안도감이 들어서입니다.

한참 동안 아들이 하는 얘기를 묵묵히 들으며 생각했습니다.

'온실에서 키운 아들이 힘든 고비를 만난 셈이고, 나약함을 극복하지 않고는 앞날이 험난하겠다.'

좀 더 강한 아들을 만들지 못한 자신을 반성하며 한참을 타일렀습니다.

"지금부터 시작이고 전쟁이다. 혼자 싸워 이기고 살아남아야 한다. 아무도 도울 수 없다. 벼랑에 떨어지면 기어서라도 올라와야 하고, 물속에 빠지면 지푸라기를 잡고라도 살아남아야 한다."

이런 얘기를 하면서도 혹시 엄마가 잔소리한다고 생각지나 않을까 신경이 쓰였지만 예상외로 순순히 엄마의 얘기를 받아들여줘서 마음이 놓였습니다. 울음으로 시작한 아들과의 대화는 "아들, 힘내자! 파이팅!" 으로 좋게 마무리했습니다.

전화를 끊고 엄마로서의 기우에서 제 생각을 다시 정리해서 카톡을 보냈습니다.

아들이 곧장 답을 보내왔습니다.

'알았어요. 이런 모습 보여드려서 정말 미안해요. 다시 열심히 해 볼 게요, 엄마.'

'너는 할 수 있다. 절대 자신감을 버리지 마라. 도전해 보자, 엄마가 열심히 응원할게.'

그날 저녁 아들과 저는 많은 문자를 주고받으며 서로의 상처를 달랬습니다. 이게 엄마와 아들인가 봅니다.

언제 또다시 흔들리는 순간, 어려운 고비가 닥칠지 모릅니다.

아마 앞으로 더한 고개도, 넘어야 할 높은 산도 수없이 많을 것입니다.

무엇을 하든, 어떤 길을 가든 평탄함만이 있으리라는 기대는 하지 않습니다.

하지만,

'엄마, 맘 편히 쉬세요. 엄마 아들 내일부터 다시 열심히 해 볼게요.'

녀석, 눈물로 엄마를 아프게 하더니 어느새 엄마의 아픔을 달래고 있네요.

그래서 저는 충분히 행복합니다.

박목철

대한창작예술인협의회 정회원
대한문학세계 기자, 대한멀티영상아티스트협회 회장
대한문학세계 등단
대한문학세계 최우수 문학상 수상(2014)
순 우리말 글짓기 전국 시인대회 대상 수상(2014)
짧은 시 짓기 전국 시인대회 금상 수상(2014)
특선 시인 선정, 시화전 초대시인 선정(2014) 등 다수 수상

사모곡(思母曲)

호미도 날이지만은 낫같이 잘 들 리 없습니다. 아버지도 어버이시지마는 어머니같이 사랑하실 이가 없습니다.

아시오(말씀 마시오), 임이시요, 어머니같이 사랑하실 분이 없습니다.

고려 시대 어느 작가가 쓴 어머니를 애틋하게 그리는 글을 요즘 글로 표현해 보았다. 누구나 아버지에 대한 애정보다는 어머니께 받은 사랑을 평생 안고 살다 가는 게 인생인 듯하다.

오랜 세월이 지나고 또 이미 돌아가셨지만, 내게는 어머니 하면 떠오르는 지워지지 않는 가슴 아린 사연이 있다.

민족의 대참사인 6·25 전쟁 와중에 우리 가족도 그 환란을 피해 가지는 못했다. 공산지하의 서울에서 치를 떨던 시민들은 유엔군의 서울 수복으로 한숨 돌리는 듯했지만 중공군의 개입으로 밀리게 되자 너나없이 피란길을 나서게 되었다.

공산치하의 호된 맛을 본 시민들은 남쪽으로 피란길을 나서게 되었고, 우리 가족도 피란 대열에 합류했지만 북새통의 인파에 밀려 가족 모두와 아버지는 생이별하게 되었다. 당시에는 손목을 놓치면 달리 연락할 방법이 없던 때이다.

뜻밖의 사태에 절망했지만 망설일 틈도 없이 울려대는 포성에 얼떨결에 부산까지 피란은 하게 되었고 의지할 곳도 거주할 집도 있을 리 없었다. 피란민 모두는 기차가 다니는 철도변에 씨-레이션(전투식량) 상자를 뜯어 하꼬방(판잣집)을 짓고 둥지를 틀었다. 이런 판잣집은 천장으로 하늘이 쳐다보이고 비만 오면 사방에서 물이 쏟아져 그릇을 총동원하여 빗물을 받아야 했고, 그릇 틈 사이에 앉아 꼬박 밤을 새우기도 해야 하는 최악의 환경이었다.

이런 환경에서도 어머니는 석탄 포대를 나르며 우리를 굶기지 않고 잘 키워 주셨다.

아픈 추억 하나, 시장 상인이 뭔가가 든 상자를 한 차 가져다 방 한구석에 잔뜩 쌓아놓고 갔다(당시에는 부대에서 몰래 빼돌린 물건들을 민가에 맡겨놓고 단속을 피한 후 내다 파는 일이 흔히 있었다).

처음에는 무심했지만 며칠이 지난 후 형과 나는 그 상자에 무엇이 들었을까 하는 궁금증을 참을 수 없었다. 엉성한 판자 사이로 꼬챙이를 넣어 쑤셔보니 뜻밖에도 군용 건빵이 쏟아져 나오는 것이 아닌가. 배고프던 시절이라 형과 나는 야금야금 손닿는 구멍마다 건빵 꺼내 먹는 재미로 한동안은 행복했다. 며칠 더 지난 후 짐을 맡겼던 상인이 사람을 데리고 와 상자 모두를 실어 가면서 우리 형제의 행복은 끝이 났다.

물건을 사간 사람이 상자를 뜯어 물건을 팔려고 보니 쥐 파먹듯 봉지가 비어있어 그도 황당했으리라. 상인의 거친 항의에 어머니는 우셨다. 비록 전쟁통이긴 해도 자존심 강하던 당신에겐 씻지 못할 마음의 상처

였으리라.

먹고 살기 힘든 시절, 조그만 잘못도 엄한 벌이 내리던 시절이라 범인으로 지목된 형과 나는 집에서 쫓겨났다. 해가 지고 나니 약간 추웠던 것으로 봐 그때가 아마 늦가을이었나 보다.

날은 어둡고 춥고 배고픈 우리 형제는 감히 집에 들어갈 엄두를 못 내고 눈치를 볼 겸 창문 가에 숨어서 방 안의 동정을 살피기로 했다. 엄마화가 얼마나 풀리셨나 하고.

평생 뇌리에 박힌 가시가 된 어머니의 모습을 그때 보았다. 동네 아줌마들 앞에서 통곡하고 계신 어머니. 어린 것들이 얼마나 배가 고팠으면 건빵을 꺼내 먹었겠느냐, 그런 애들을 때려 내쫓은 정말 모진 어미라며 어머니가 울고 계셨다. 위로하는 이웃 아줌마들도 모두 울먹이고 계셨다. 모두 어렵던 시절이라 동병상련 아니었을까.

형과 나는 달려들어 가 어머니 품에 안겨서 울었다.

"우리가 잘못했어요. 다신 안 그럴게요."

"아니나, 어미가 잘못했다. 밥 하나 제대로 먹이지 못한 어미가 잘못이지."

내게는 어제 일같이 생생한 어머니의 우시던 모습이다.

아픈 추억 둘, 군에 입대 후 원주 1군 부사관 학교에서 단기 하사교육을 받던 때의 일이다.

당시 원주 부사관 학교는 인간 재생창이란 소리를 들을 만큼 혹독한 훈련을 시키던 곳으로 이름난 곳이다. 어머니 당신은 고생하셨지만, 나름대로 우린 험한 꼴 안 보고 곱게 자란 셈인지라 어머니께선 면회 오셔서 훈련 중인 내 몰골을 보고 울고 가셨다.

자식이 눈에 밟혀 한시도 편하셨을 리 없는 어머니께선 주말마다 먹거리를 잔뜩 준비해 면회를 오셨다. 대개 면회를 오면 당일 저녁에는 외박을 허락하였고, 훈련소 인근에는 이런 면회객을 위한 식당을 겸한 숙박소가 있어서 면회를 오는 분들은 준비한 음식들을 숙소에 맡기고 면회신청을 하셨다.

면회 오신 어머니께서도 먹을 것을 인근 숙소에 맡기시고 나를 데려갈 요량으로 면회신청을 하셨다. 공교롭게도 그날은 포병 테스트가 있는 출동 일이라 출동 검열이 한창, 나에겐 단 5분 면회가 허용됐을 뿐이다. 어머니께서는 정말 황당해 하셨다. 숨을 헐떡이며 인사를 끝낸 아들의 뛰어가는 뒷모습을 보셨을 뿐이니…….

돌아보니 어머니께서는 숙소를 향해 뛰고 계셨다. 먹거리를 가져다 자식에게 주려고 숙소로 달려가신 것이다.

부대와 교육생 전체가 중요한 평가를 받는 훈련 출동, 나 개인의 형편은 어디 하소연할 데도 없고 감히 말도 꺼낼 분위기가 아니었다. 훈련 평가에 따라 진급 여부가 달린 포대장의 눈에는 핏발이 서 있었다.

철모를 눌러쓴 병사들이 가득 탄 트럭이 줄줄이 정문을 빠져나갈 때, 아! 어머니가 숨을 헐떡이며 나를 찾고 계셨다.

나는 어머니를 보았지만, 어머니는 나를 보지 못하셨다. 당황한 눈빛으로 나를 찾고 계셨지만, 철모를 눌러쓴 또래의 수백 명 병사 중에 어찌 나를 찾으실 수 있겠는가. 대대 병력이 탄 트럭이 다 빠져나갈 때까지 어머니는 애타게 나를 찾고 계셨다. 망연자실, 음식 보따리를 드신 채.

언제나 어머니를 떠올리면 망연자실 서 계시던 그때 어머니의 모습이 아프게 각인되었다.

어머니께서는 외롭게 돌아가셨다. 신흥 종교의 교리를 충실히 지키시고, 돌아가시기 전 사람이 이렇게 마를 수 있을까 싶게 마르신 어머니는 내게 미리 유언을 남기셨다.

"평생을 믿고 따른 종교(전도관)이니 혹 의식을 잃더라도 병원엔 데려가진 마라. 신념에 따라 행복하게 죽겠다."

병원에 가면 천국에 들지 못한다는 교리에 따라 자식 가슴에 못을 박고 당신께선 행복하게 가셨다.

봄, 여름, 가을, 그리고 겨울.

봄,
콧물 수건 가슴에 달고
엄마 손 놓칠세라
종종걸음 초등학교 입학하던 날
노랑 개나리 활짝 반기고
봄날같이 따사롭던 엄마의 손

여름,
품 벼난 자식
물가에 내놓은 아기인 양
고장 난 카세트 반복하듯
차 조심해라, 밥 잘 챙겨 먹어라
시원한 수박 음료 먹이려
동네 부잣집 냉장고, 눈치 보시더니

콧잔등에 땀방울, 주름진 미소
그 시절 여름은 참 더웠나니

가을,
남들 다 가는 군대
면회 와 울고 가시더니
주말마다 두 손 가득 목 메이는 사랑
외출금지, 비상에 어깨 떨구시고
수십 번 되돌아 눈에 담고 가시려는 듯
가녀린 어깨 들먹이며 가시던 길
좌우에 가득하던 서러운 코스모스

그리고 겨울,
자식 다 키워 어깨 가볍다시며
애써 고개 돌려 신께 의존하던 삶
남은 생 여한 없으시다더니
자식 걱정 못 놓으셨나
눈 감을 때 흘리신 한 방울 눈물
"어허! 자식 고생 안 시키시려
날 풀릴 때 가셨네"
그렇게 가셨구려

신상만

파라문예 동인

갈매기 우는 바닷가

날씨는 맑았으나 겨울 날씨라 바람이 매웠다. 경호는 손을 '호 호' 불며 집을 나섰다.

경호네 집에서 S읍까지 가려면 십 리가 넉넉하다. 좁은 논길을 한참 걸어가면 신작로로 나선다. 신작로라 하여도 길이 좁고 험하여 차는 잘 다니지 않는다. 경호는 터벅터벅 걸어 S읍에 다다랐다.

차를 기다리는 몇몇 사람들이 신작로 가에 늘어서 있었다. 경호도 그 사람들 틈에 끼어 차가 오기를 기다렸다. 차를 기다리던 사람들은 추워 못 견디겠다는 듯이 상점 추녀 밑에서 어깨를 웅크리고 서 있다. 얼마쯤 있으니 '쓰리쿼타'가 통통거리는 엔진 소리와 함께 굴러왔다. 사람들은 와ー 그쪽으로 달려가 먼저 타려고들 야단이다. 경호도 간신히 차에 올랐다.

'쓰리쿼타'는 사람들을 다 태우고 어느덧 스르르 굴러가기 시작하더니 이제는 S를 벗어나 포플러나무 사이를 쏜살같이 달리고 있다. 경호는 차 속에서 지난날의 생각에 잠기었다.

경호는 8·15 해방되던 해 아버지를 여의고 어머니와 두 형님 그리고 누나와 같이 서울 어느 집 이 층 셋집에서 단란하고 평화로운 생활을 하였다. 그때 경호는 초등학교 4학년에 다니며 철없이 어머니에게 응석만

부리던 때다. 그런데 어느 날 아침 뜻밖에도 총소리와 사람들의 아우성이 들렸으니 지금 생각하면 6·25전쟁이었던 모양이다.

이때 어머니와 누나는 행방불명이 되고 경호의 삼형제만이 고향인 이 S읍의 할머니 댁에서 지내게 되었다.

경호의 삼형제가 S읍에 온 지도 어언 2년이 흘러 작은형님은 M시로 가시게 되고 큰형님 또한 P항구 신문사로 가시게 되어 경호 혼자만 S읍에 남게 되었다.

이렇게 뿔뿔이 삼형제가 흩어져 있던 중 뜻밖에도 큰형님이 군문에 들어가는 몸이 되었다. 작별하던 날 밤 떠나는 큰형님은 내가 군문에 들어가더라도 모든 역경을 헤치고 공부에 열중하여 후에 참된 일꾼이 되라는 말씀을 남기셨다. 그 뒤에도 경호가 형님을 생각할 때면 이 말씀을 생각하며 더욱더 각오와 결심을 굳게 하였다.

이런 중에 경호는 벌써 초등학교 6년을 졸업하게 되었으나 검은 먹장구름만 앞을 가리는 그에게는 중학 입학마저 뜻대로 되지 않았다. 할머니 댁 살림은 경호를 중학에 보낼 만큼 넉넉지가 못하였다. S읍에선 수재라고들 하였지만 중학교에 진학하지 못한 경호는 고통의 하루하루를 보내었다. 더욱이 동급생이던 애들이 중학생이 되어 집 앞을 지나가는 것을 볼 적마다 부러웠다.

이런 외로움 가운데 단 한 분 위로가 되고 힘이 되어 주는 분은 가까운 M시에서 취직하여 계시는 작은형님이었다. 그래서 경호는 일주일이 멀다 하고 자주 작은형님을 만나러 M시로 가곤 하였다. 이번에 경호가 M시를 찾아가는 이유는 군에 입대하신 큰형님에게서 편지가 자주 오더니 요새는 넉 달이 넘도록 통 소식이 없어서이다.

경호가 이런 생각에 잠겨 있는 동안 차는 벌써 H읍에 도착하였다. M시에 가려면 H읍에서 배로 금강을 건너야 한다. 경호는 사람들 틈에 끼어 배에 올랐다.

배는 어느덧 통통통 소리를 내며 잔잔한 물결을 헤치고 M시를 향해 나아갔다. 경호는 배 가장자리에 걸터앉아 망망대해를 바라다봤다. 저 멀리 수평선 위에 흐릿하게 몇 개 까만 점이 보이고 갈매기는 '까욱 까욱' 울고 바다 위에는 몇 척의 배가 오락가락하고 있다.

경호가 이 바다 위의 풍경에 정신을 팔고 있는 사이 배는 M시에 닿았다. 경호는 번화한 거리를 지나 작은형님이 계신 회사로 갔다. 마침 형님이 계셔 점심을 먹으려고 음식점으로 들어갔다. 그런데 어쩐지 작은형님의 얼굴이 근심에 싸인 것 같아 경호의 머리에 불길한 예감이 들어 불안하였다.

이윽고 작은형님은 경호에게 "경호야, 형님이 돌아가셨단다" 하시며 힘없이 편지를 경호에게 주었다. 경호는 이 한마디에 맥이 탁 풀렸다. 편지를 읽어 보니 동부전선의 치열한 전투에서 형님이 전사하셨다는 것이다. 경호에게는 아무리 울어도 가라앉지 않을 슬픔이었다.

하느님도 무심도 하시지, 외로운 우리 삼형제 중에서 큰형님마저 빼앗아 가다니……

그러나 낙심해서는 안 된다. 용기를 내자. 우리 남은 형제가 힘을 합하여 우리의 앞길을 개척하여야 한다.

경호는 이렇게 마음속으로 굳게 다짐하며 또 마음속으로 이렇게 외쳤다.

아무리 어렵고 괴로운 역경도 참고 이기라는 큰형님의 말씀이 아니었던가!

큰형님의 모습이 눈앞에 어른거린다.

경호는 슬픔을 억누르며 마음을 다잡았다. 새 결심 새 각오로 저 푸르디 푸른 강 물결을 바라보는 그의 눈에는 그 무엇이 숨겨져 있었다.

저녁노을에 빨갛게 물든 바다 위에는 갈매기들만 오락가락 날고 있었다.

1953년 겨울에

파라문예 **11**

발행처 · 시인의 파라다이스
발행인 · 채   련

제작판매 · 도서출판 **청어**
대   표 · 이영철
영   업 · 이동호
기   획 · 천성래 | 이용희
편   집 · 방세화 | 이서윤
디자인 · 김바라 | 서경아
제작부장 · 공병한
인   쇄 · 두리터

등   록 · 1999년 5월 3일(제22-1541호)

1판 1쇄 인쇄 · 2015년 6월 1일
1판 1쇄 발행 · 2015년 6월 10일

주소 · 서울 서초구 효령로55길 45-8
대표전화 · 586-0477
팩시밀리 · 586-0478

홈페이지 · www.chungeobook.com
E-mail · ppi20@hanmail.net
ISBN · 979-11-86484-17-3(04810)
          979-11-85482-38-5(04810)(세트)